DREAMBOOKS ★

DREAMBOOKS★

신라전설 독룡

ORIENTAL FANTASY STORY & ADVENTURE

시니어 신무협 장편소설

★
dream
books
드림북스

# 수라전설 독룡 10 수라의 결기

**초판 1쇄 인쇄** 2019년 9월 9일
**초판 1쇄 발행** 2019년 9월 27일

**지은이** 시니어
**발행인** 오영배
**편집** 편집부
**일러스트** eunae
**본문 디자인** 오정인
**제작** 조하늬

**펴낸 곳** (주)삼양출판사 · 드림북스
**주소** 서울시 강북구 도봉로 173
**대표 전화** 02-980-2112 **팩스** 02-983-0660
**편집부 전화** 02-987-9393 **팩스** 02-980-2115
**블로그** blog.naver.com/dreambookss
**출판등록** 1999년 3월 11일 제9-00046호.

ISBN 979-11-283-9572-7 (04810) / 979-11-283-9448-5 (세트)

**드림북스**는 (주)삼양출판사의 판타지 · 무협 문학 브랜드입니다.

수라전설 독룡
10
수라의 결기
시니어 신무협 장편소설
ORIENTAL FANTASY STORY & ADVENTURE
dream books
드림북스

# 목차

**第一章**

불안의 징조

마침내 진자강과 당하란이 청성산으로 돌아왔다.

당가에서 떠나온 지 근 한 달 만이었다.

청성파 도사가 둘을 단령경과 일행들이 머물고 있는 거처까지 안내해 주고 내려갔다.

"독룡 도우!"

이제나저제나 진자강을 기다리고 있던 편복과 소소, 운정이 득달같이 달려왔다.

"어찌 된 거야? 당가에서 커다란 불이 났다고 소문이 파다하게 났던데!"

편복의 말을 운정이 옆에서 거들었다.

"당가의 누군가 배신을 해서 독룡 도우를 풀어 줬다는 얘기도……!"

말을 하던 운정이 그 옆에 있는 당하란을 자연스레 보게 되었다.

"……."

당하란이 얼굴을 붉히며 진자강의 뒤로 살짝 몸을 숨기는 듯한 몸짓을 취했다.

"어? 어어어?"

둘 사이의 분위기가 묘했다. 특히나 성격 괄괄하기로 유명한 당가의 여식이 저런 행동을 한다는 건…….

편복이 중얼거렸다.

"일 났네, 일 났어."

그 말에 당하란의 얼굴이 더 빨개졌다.

운정이 둘을 번갈아 보며 입을 벌렸다.

"설마 배신했다는 그 사람이……."

편복이 옆에서 어이가 없다는 투로 말했다.

"이야, 저 독룡의 눈에서 독기 빠진 거 봐. 우리랑 있을 때는 있는 대로 무게만 잡더니 지금은 아주 꿀이 뚝뚝 떨어지네, 그려."

진자강이 머쓱해했다.

마루에 앉아 있던 단령경이 편복을 나무랐다.

"너무 그러지 말게. 둘 다 헌헌한 외모의 젊은 친구들이니 무슨 일이 벌어지든 자연스러운 일이 아닌가."

"그야 그렇지만 죽이겠다고 싸우다가 정분이 났으니까 좀 그렇잖습니까."

편복이 잠시 망설이다가 진자강에게 물었다.

"그럼 복수는 포기한 거야?"

지금 진자강과 당하란에게 가장 아픈 질문이었다.

"그건……."

"하지만 둘이 잘되건 어떻게 되건, 당가에서 절대 가만있지 않을걸."

그때 소소가 편복의 정강이를 또 걸어찼다.

빡.

"으아악! 소소 이것 또 왜 이래!"

편복이 자빠져서 정강이를 잡고 데굴데굴 굴렀다.

소소가 진자강의 앞으로 걸어오더니 환하게 웃어 주었다.

여동생이 오라비를 바라보듯 참 잘됐다는 투로 반겨 주고 있었다.

소소가 입으로 손을 가져가는 손동작을 해 보였다. 밥을 먹었느냐고 묻는 투였다.

"아니. 오늘은 아직 아무것도 못 먹었어."

소소가 고개를 끄덕이더니 금세 부엌으로 달려갔다.

그사이 진자강은 단령경에게 가 해독약과 이근호심액을 건넸다.

"소협에게 큰 신세를 졌군. 이근호심액은 진 소협에게도 상당히 유용할 것인데."

"선랑이 아니셨다면 저는 지금 이 자리에 있지도 못할 겁니다."

"고맙네."

단령경은 편복과 운정을 불러 놓고 말했다.

"이미 오랜 시간 중독되어 있었기 때문에 정상으로 돌아오려면 상당한 시간이 걸릴걸세. 방해받지 않고 혼자 운공하고 싶으니 조금만 기다려들 주시게나."

"어느 정도나 걸리시겠습니까?"

"빨라야 열흘, 적어도 보름은 걸릴걸세."

편복이 환하게 웃었다.

"그럼 더 이상 청성파에서 천덕꾸러기 취급을 받지 않고 집으로 돌아갈 수 있겠습니다."

운정이 입을 삐죽 내밀었다.

"아니, 너무하시잖아요. 저희 청성이 언제 노사님을 홀대했다고 그러십니까."

"청성파가 아무리 잘해 줘도 눈칫밥을 먹는 처지에서야 어쩔 수 없는 일이지. 안 그래?"

"그래도 너무하십니다."

잠깐 함께 있었다고 정이 든 것인지 편복이 운정을 달랬다.

"알았어. 내 말을 실수했네. 인정하지!"

"제가 오늘은 봐드리지요. 그러니까…… 사부님께 제가 수련 안 했다고 이르시면 안 됩니다. 헤헤."

"허허, 우리 운정 도사 많이 늘었어."

그런 둘의 모습을 진자강과 단령경이 편안하게 웃으며 바라보았다.

단령경이 진자강에게 작은 목소리로 말했다.

"내가 몇 번이고 말한 적이 있었을 거네. 복수를 포기해도 된다고."

"기억하고 있습니다."

"포기하지 않는다면 앞으로는 더 많이 힘들 것이야. 몸이 아니라 마음이."

진자강도 그것을 느꼈다. 원수의 가문인 당하란을 만남으로써, 그리고 당하란이 가문에서 축출을 당함으로써 상황은 훨씬 더 복잡해졌다.

당하란의 피붙이들이 남아 있는 당가를 향해 진자강이 과연 비수를 들이댈 수 있을지. 복수의 칼이 무뎌지지 않는다고 자신할 수 있을지.

"지금으로써는, 아직 그들을 용서할 마음이 없습니다."

"자네는 아직 살아온 날들보다 살아갈 날들이 훨씬 많이 남아 있지."

단령경이 말했다.

"지금이 그저 한때의 불장난 같은 것이라 할지라도 멀리 보면 때로는, 소중한 이와 함께 평범하게 살아가는 것도 그리 나쁘지 않은 선택이라네."

진자강은 대답하지 않았다. 그렇다고 복수를 멈출 수도 없었다. 아직까지 마음이 복잡하기 그지없었다.

단령경이 먼 산을 바라보며 회상에 잠겨 말했다.

"나는 맹렬한 복수심에 휩싸여 평생을 살아왔지. 그리 살아온 날들이 부질없다고는 할 수 없으나, 자주 옛날을 생각하게 된다네. 내가 그를 만나지 않았더라면 어땠을까. 무가의 여식으로 태어나지 않았더라면 어떻게 되었을까. 다른 이의 구애를 받아들였다면 지금쯤 장성한 자식들과 손주의 재롱을 지켜보며 살 수 있었을까. 손에 피를 묻히지 않고 스스로 행복해질 수 있었을까."

회한이 가득 담긴 음성이었다.

단령경은 진자강을 바라보았다.

"소협에게 살아갈 날이 많이 남았다는 건 돌이킬 수 있는 시간도 많이 남았다는 걸 의미하네. 돌아갈 길이 없다고 생각하지만 말게. 그러면 조금 늦더라도 언제든 다시 돌아갈 수 있을 거라네."

자신이 살아온 삶의 궤적에서 흘러나온 진심 어린 조언이었다.

진자강도 진지하게 받아들였다.

"말씀, 감사합니다."

"별말을. 나는 어떤 일이 생기더라도 결단코 자네 둘을 응원하겠다고 약속하겠네."

＊　　　＊　　　＊

당하란은 부엌으로 들어갔다.

소소는 밥을 하다 말고 쪼그려 앉아 멍한 표정을 짓고 있었다. 당하란이 들어오자 인기척을 느끼고 옷을 툴툴 털며 일어났다.

소소가 당하란을 빤히 쳐다보았다. 소소에게 있어서도 당가는 원수나 다름없다. 독문이 약문을 공격한 때문에 귀주 약문 역시 다들 죽거나 잡혀갔고, 소소 혼자만이 남았으니까.

한참 만에야 당하란이 입을 열었다.

"내가 밉겠지."

소소는 아무 대답도 없이 당하란을 쳐다보기만 했다. 당하란이 잠시 말을 멈추었다가 계속했다.

"나도 그래. 하지만 지난 일이라고 외면하지 않을게. 그러니까 언제든 힘이 생기면 내게 복수하러 와도 좋아."

소소는 고개를 저었다. 복수를 하지 않겠다는 뜻이다. 그렇다고 용서한다는 뜻도 아니었다. 그것은 당하란 때문이 아니라 진자강 때문임을 당하란도 알고 있었다.

"복수하러 오지 않아도 평생…… 안고 가겠어. 내 업보를."

소소가 한참이나 보다가 고개를 끄덕였다.

아무런 말도 하지 않았지만, 분노보다도 작은 응원이 담겨 있음을 당하란은 충분히 느낄 수 있었다.

어쩌면 당가에서 축출된 당하란이야말로 앞으로 소소가 겪어 온 일을 그대로 겪을 신세인지도 모르니까.

＊　　　＊　　　＊

진자강과 당하란이 돌아온 지 얼마 안 되어, 갑자기 청성산에 이상한 자들이 모습을 드러내기 시작했다.

이들은 청성파의 산문까지 와서 어슬렁거리는가 하면, 때론 산문을 넘어 직접 경내까지 진입하려 하기도 하였다.

당연히 청성파의 제자들이 이들을 막았다.

"들어갈 수 없습니다."

쌀이 담긴 주머니를 내보이며 그들이 말했다.

"쌀 다섯 되를 담고 가르침을 받으러 왔소."

"겨울에는 경내를 외부에 개방하지 않고 있습니다."

"그럼 봄까지 기다리지 뭐."

"예?"

그들 중 몇 명이 산문 근처에서 자리를 잡고 노숙을 하기 시작했다.

산적의 행색에 어중이떠중이 같은 자들도 있고 아이를 안은 아낙도 있는 반면, 학사처럼 평범한 이들도 있었다.

청성파는 도교의 본산이며 성지다. 무림 문파로서 강호인에게는 두려움의 상징과도 같으나 민간에선 도를 닦는 도사로서 존경을 받는다.

그러니 사람들이 몰려든다고 함부로 내쫓을 수도 없는 처지였다.

산문에서의 소란에 복천 도장이 제자들 몇을 이끌고 내려왔다.

노숙을 하던 몇몇이 복천 도장을 보고 슬슬 일어섰다.

복천 도장은 어이없는 표정으로 진을 치고 있는 자들의 면면을 살펴보았다.

그러더니 얼굴이 딱딱하게 굳었다.

"이것들이……?"

몰려든 자들 중 몇몇은 심지어 안면이 있는 자들이었다.

복천 도장은 더 볼 것도 없다는 듯이 손을 휘저었다.

"저것들 다 잡아. 사악한 것들이니 살수를 써도 좋다."

청성파의 제자들이 영문을 모르는 채로 싸울 준비를 했
다.

몰려든 이들이 항의했다.

"우리가 뭘 잘못했다고 그러십니까?"

응애에!

제법 미색이 있는 아낙이 담요에 싸서 안고 있던 아이가
울어 댔다.

"도사님, 우리 아이는 아무런 잘못이 없습니다. 잘못이
있다면 천존과 상제께 제 아이의 건강과 복을 빌러 온 제게
있습니다."

아낙이 울먹이며 하소연했지만 복천 도장은 싸늘하게 아
낙을 노려보았다.

"죽고 싶어?"

"도사님! 억울합니다!"

복천 도장이 손가락을 뻗어 아낙의 뒤에 있는 도인 풍모
의 노인을 가리켰다.

"하남에서 중들만 골라 살해하다가 소림사에 쫓겨 새외로 달아났던 살인귀 인마(人魔) 감충."

인자한 얼굴로 불룩하니 배까지 내려온 긴 수염을 매만지고 있던 노인이 인사를 하듯 고개를 까딱 숙였다.

복천 도장이 이어 험악한 털북숭이의 거한을 가리켰다.

"섬서에서 산적질을 하다가 녹림십팔채와 싸우고 산동으로 달아난 잔풍객(殘風客)."

거한이 어깨를 으쓱했다.

복천 도장이 다시 울고 있는 아이를 안고 있는 아낙을 가리켰다.

"그리고 너!"

응애! 응애!

"복화술로 아이의 울음소리를 내며 무인을 홀려 비급을 훔치고 다니는 화사신녀(花蛇神女)."

그 순간 거짓말처럼 아이의 울음소리가 그치고 아낙이 배시시 웃었다.

"미천한 이름을 기억해 주셔서 황공하옵니다."

하지만 복천 도장은 웃지 않았다. 오히려 더 화가 난 얼굴로 말했다.

"여기가 사파 것들 집합소야? 감히 여기가 어디라고 몰려와. 청성의 인내심을 시험하는 것이냐?"

복천 도장이 살의를 보이자 화사신녀가 입을 삐죽 내밀었다.

"너무하네. 여기 우리 말고도 불쌍한 사람들이 많은데, 다 죽이려고?"

복천 도장이 입술을 깨물었다. 이들 셋을 제외한 나머지는 일반인들이다. 사파의 이들이 일반인을 인질 삼아 주변 마을에서 데려온 것이다.

"관계없는 민초들은 보내라."

"보내고 나면 우릴 죽이려고?"

복천 도장은 화를 가라앉히느라 얼굴이 벌게졌다.

"살려 주마."

복천 도장의 말에 화사신녀가 싱긋 웃었다.

"응당 그러셔야죠. 약속받았으니까 다들 보내."

그제야 세 사람을 제외한 나머지 일반 민초들이 인마 감충에게 돈을 받고 떠났다.

복천 도장도 키가 큰 편인데 그보다 머리 하나가 더 큰 거구의 잔풍객이 복천 도장 앞에 가슴을 내밀고 섰다.

"여의선랑을 모시러 왔수다."

복천 도장이 날카로운 눈을 치켜뜨고 잔풍객을 노려보았다.

"청성을 나가면 너희가 요화를 지킬 수 있을 것 같으냐?"

"여기까지도 잘 살아서 왔소."

"요화는 부상을 입었다."

"우리가 모셔 가 치료할 것이오."

"불가!"

복천 도장이 소리치자 인마와 화사신녀가 슬슬 앞으로 다가왔다. 특히나 화사신녀는 아이에게 말을 걸면서 청성파 제자들을 현혹시켰다.

"으응, 아가야. 괜찮아. 저 아저씨들이 너를 해치지 못하도록 엄마가 널 지킬 거야."

까르륵, 아이 웃는 소리가 났다. 청성파 제자들은 당황해했다.

복천 도장이 잇새로 말을 내뱉었다.

"속지 마라. 죽은 아이다."

"네?"

"요망한 것."

복천 도장이 미간을 찌푸렸다.

"화사신녀가 데리고 다니는 건 죽은 아이다. 죽은 아이를 싸서 데리고 다니며 사람을 홀리는 거다."

청성파 제자들이 놀랐다.

"아이참, 나쁜 아저씨들이네. 엄마는 그저…… 우리 아가의 대모를 뵈러 온 것뿐인데."

"썩 꺼지라고 했다……."

복천 도장에게서 스산한 살기가 뿜어져 나왔다.

응애! 응애……!

놀란 아이의 울음소리. 청성파 제자들이 아무리 화사신녀를 살펴봐도 복화술을 쓰는지 전혀 알 수가 없을 정도였다.

"허(虛)!"

복천 도장이 내공을 담아 소리를 치자 아이의 울음소리가 파묻혀서 들리지 않게 되었다.

화사신녀가 너무한다는 듯 복천 도장을 째려보았다.

"더럽게 깐깐하네, 진짜."

"여기는 너희 같은 것들이 함부로 드나들 데가 아니니까 당장 꺼져라."

잔풍객이 가래를 뱉었다.

"카악! 원시천존이 사람 가려 가며 득도하라 하시더이까?"

"이 사악한 것들이 감히 천존을 입에 담아?"

복천 도장의 눈썹이 더욱 사납게 치켜 올라갔다.

인마 감충이 가느다랗게 찢어진 눈으로 수염을 매만지며 말했다.

"뭐, 오늘은 이쯤 해 두지. 가벼운 인사만 하러 온 거니까. 내일 또 오겠소."

"오지 마라."

"선랑이 멀쩡하신지 확인할 때까지 올 것이오."

"요화는 매우 잘 있다. 조만간 독을 치료하고 내보낼 거다."

"옛날부터 도박장에서 돈 빌리며 하는 말과 청성파 도사의 말은 믿지 말라는 고언이 있었소이다. 그 말만 믿고 돌아서기에는 너무 먼 거리를 와서 말이외다."

하기야 사천 삼강이 시퍼렇게 눈을 뜨고 있는 와중에 여기까지 오는 것만도 사파인들에게는 좀처럼 쉬운 일이 아니었을 터였다.

"너희가 여기까지 온 정성은 인정하마. 하지만 다신 오지 마라. 너희는 다음에 오면 죽는다."

인마 감충이 가느다란 눈으로 웃었다.

"그건 두고 봐야 알겠지. 내일은 우리 셋이 아닐 테니까. 우리는 그저 가장 가까이에 있어서 빨리 온 것뿐이고……."

복천 도장은 그들의 말투에서 이상한 느낌을 받았다.

단령경은 이곳에서 보호를 받고 있다. 외부와는 완전히 단절되어 연락할 수단도 없다.

그런데 저들이 어떻게 알고 이곳을 찾아온 것인가!

하물며 이게 끝이 아니라고?

잔풍객이 자신의 가슴을 탕탕 쳤다.

"우리는 모두 여의선랑께 구원을 받은 목숨이다. 선랑을 위해서라면 목숨도 아깝지 않지. 그리고 그런 자들은 도장의 생각보다 의외로 많을 거야."

"이것들이……."

하지만 복천 도장을 비웃듯 세 사람은 산을 내려갔다.

청성파의 제자들이 복천 도장을 걱정스러운 얼굴로 쳐다보았다.

"사백님……."

복천 도장의 얼굴은 딱딱하게 굳어 있었다.

강호가 움직이는 방향이 매우 수상쩍다 싶었다.

복천 도장은 그것이 어쩌면 진자강과 관련된 일인지도 모른다고 생각했다. 최근에는 당가에서 큰 사고까지 쳤으니 말이다.

그런데 우려하던 대로, 하필 진자강이 돌아온 이튿날 청성파에서 이런 일이 벌어지게 되다니!

\*　　　\*　　　\*


단령경은 청성파의 도움을 받아 집 뒤쪽 봉우리의 암자에 홀로 머물 수 있게 되었다.

암자는 자연 동굴에 최소한의 가재도구를 가져다 놓아 수양에만 전념할 수 있도록 되어 있었다. 벽곡단이 든 항아리와 식수까지도 구비해 놓았다.

단령경은 암자의 안에서 가부좌를 틀고 앉아 운기행공을 준비하고 있었다. 워낙 독이 깊숙하게 기혈에 들러붙어 해독약을 복용할 준비에만 만 하루가 걸렸다.

그런데 문득 단령경이 눈을 떴다.

청성파에서 돌봐 주기로 한 암자.

이 암자의 앞에서 인기척이 있었다.

단령경이 암자의 안에서 말했다.

"오셨습니까."

밖에서 놀랍게도 "흠흠" 하며 헛기침을 하는 소리가 들려왔다.

"방해가 되지 않았소?"

그러나 방해라기에는 절묘하게 위험한 시기를 모두 지난 때였다.

운기행공을 끝내고 해독약을 복용하기 직전이었다. 이미 알고 온 것이다.

"잠시 들어오시지요."

"실례하겠소."

이윽고 암자로 들어선 이는 다름 아닌 무암 존사였다.

예순의 나이에 걸맞지 않게 매끈한 피부와 수염마저도 아직 반이나 검은 채였다.

무암 존사는 눈에 빨간 천을 감고 지팡이를 짚은 채 암자의 안으로 들어섰다. 단령경도 일어나서 예를 갖추어 무암 존사를 맞이했다.

"청성파에서 이리도 저를 배려해 주어 매우 감사할 따름입니다."

무암 존사가 웃으며 답했다.

"청성이라는 문파의 배려가 아니라 오래된 친구이자 개인으로서의 배려라 생각해 주면 안 되겠소?"

"직접 찾아오실 줄은 몰랐습니다."

단령경의 말투는 차분하고 나지막했다.

"허허."

민망한 듯 무암 존사가 웃었다.

"이 나이가 되도록 뻔뻔하지 못하여 몰래 발걸음을 하게 되었소. 참으로 무안한 노릇이지."

"존사께서는 예전에도 그러셨지요. 아마 이곳에 찾아오신 것도 자의에 의한 선택은 아니시었을 겁니다."

무암 존사가 머리를 긁적였다.

"원시천존. 잘 알고 있구려. 복천 사제가 등을 떠밀지 않았다면 아마 나는 용기가 없어 그대가 떠날 때까지 찾아오지 못하였을 것이오."

무암 존사를 바라보는 단령경의 눈에 애처로움이 감돌았다.

"뵐 줄 알았으면 좀 더 꾸미기라도 할 걸 그랬습니다."

"어차피 눈이 안 보이는 데 무슨 상관이오."

"저도 많이 늙었습니다."

"내가 기억하는 그대는 아직 이팔청춘의 꽃다운 모습 그대로니까, 행여나 주름살이 자글자글한 모습을 말로써 설명할 생각은 하지 마시오. 나는 우화등선할 때까지 그때의 모습만 기억하다가 갈 거요."

도문인 청성파의 최고 존장치고는 격의 없고 친근한 말투였다.

그러나 분위기는 다소 어색하여 말투와는 약간의 괴리감이 있었다.

무암 존사가 분위기를 전환코자 물었다.

"얘기 들었소. 한 팔을 잃었다고. 몸은 괜찮소?"

"괜찮으면 여기에 있지 않겠지요."

"아프지 않으냐는 뜻이오."

"아프지만, 이것 역시 어쩌면 정해진 인연의 결과인지도 모르겠습니다."

"하필 금강천검의 양자인 묵룡에게 당한 것이니."

무암 존사가 작은 한숨을 쉬었다.

"이럴 때는 눈이 안 보이는 것이 참으로 다행이라 생각되오."

잠시 말을 쉬었던 무암 존사가 말했다.

"그대의 아픈 모습을 보지 않아도 되어서."

단령경의 눈빛이 가라앉았다.

"존사께서는 늘 그랬습니다. 어둠과 빛 모두가 세상의 것일진대, 어둠은 보지 않으려 하였지요. 한 팔이 잘리든 두 다리가 잘려 앉은뱅이가 되든 그것들 모두가 나이고, 내 모습입니다."

단령경의 말에는 약간의 가시까지 돋쳐 있었다.

"내가 어둠을 보기 싫은 것이 아니라, 그냥 그대가 아픈 것이 보기 싫었을 뿐이오. 마음이 너무 아프니까."

"그래서 아예 세상을 보지 않으려 자해하셨습니까?"

무암 존사는 대답하지 않았다.

단령경이 사나워진 말투로 무암 존사를 다그쳤다.

"당신을 바라보는 청성파의 수많은 문도들을 어쩌고 스스로 자해를 하신단 말입니까! 그러면 제가 좋아할 거라 생각하였습니까? 칭찬이라도 해 줄 줄 알았습니까?"

무암 존사가 침울하게 답했다.

"그대의 말이 모두 맞소. 나는 사실 청성파의 장문인이 될 자격이 없는 사람이지."

"왜 또 그런 답답한 말씀을 하십니까! 그런 말이 아니잖습니까!"

한동안 암자에 침묵이 흘렀다.

단령경은 길게 숨을 내쉬었다.

"큰 소리를 내어 미안합니다. 존사께서 자해하여 두 눈을 잃었다는 얘기를 듣고 저 역시 마음이 많이 아팠습니다. 내가 그만큼 존사께 큰 상처가 된 줄 몰랐습니다."

그제야 무암 존사가 살짝 미소를 되찾았다.

"괘념치 마시오. 젊은 날의 치기일지언정 그대를 향한 마음은 항상 같았으니까. 하지만 그땐 정말로 세상이 꼴도 보기가 싫었거든."

"당신이란 분은 참으로……."

단령경이 다시 한숨을 내쉬었다.

"그랬군요. 존사는 늘 같았습니다. 힘들거나 슬플 때나 늘 웃으며 저의 곁에 있어 주었지요. 그래서 저는 오히려 존사의 고마움을 모르고 참으로 버르장머리 없이 굴었던 것 같습니다. 지금이라도 그 점은 사과드려야 할 것 같습니다."

무암 존사가 다시 머리를 긁적였다.

"다 지나간 날의 일이오."

"젊을 때의 일을 잊지 못하고 지금 저를 찾아와 있는 건 존사이십니다."

"그야……."

무암 존사가 잠시 생각을 하다가 말했다.

"오늘 몇몇 사파인들이 령령을 보게 해 달라며 찾아왔었소."

단령경이 고개를 설레설레 저었다.

"본인을 그 이름으로 부르지 않기를 청합니다."

령령은 단령경의 아명이자 젊을 적의 애칭이었다.

"미안하오."

"나가겠습니다. 더 이상 청성파에 폐를 끼칠 수 없습니다."

"내가 허락하지 않겠소."

"제 의지로 나가고자 하는 것입니다."

"해독약을 복용하고 독을 빼내기 위해 전신 기혈을 열어 둔 상태잖소. 지금 움직이면 돌이킬 수 없게 될 거요."

"나가는 것도 이대로 죽는 것도 내 결정이니 더 이상 간섭하지 마시지요."

"삼십 년 전에는 그 말에 물러섰으나, 이젠 안 되오. 그리고 그대가 이대로 나가서 객사하게 되면 우리 또한 난처해질 거요."

"나를 속이려 하십니까."

단령경이 날카롭게 파고들었다.

"지금 말씀과 반대로, 내가 나가서 죽어야 청성파가 나와 관계가 있다는 오해를 받지 않게 됩니다. 자꾸만 나의 친구들이 찾아오게 된다면 청성파가 구설수에 오르게 될 겁니다."

무암 존사가 어색하게 웃음을 흘렸다.

"거참. 예나 지금이나 여전히 머리가 너무 좋아서 탈이오. 그대는."

"그러나 자신의 명석함에 취한 나머지 정작 남자 보는 눈이 없어 이 지경 이 꼴이 되었습니다."

"삼십 년 전과 마찬가지로 그대는 여전히 아름다운 난화 같소. 이 지경이라고 할 만큼 달라진 건 없소이다."

단령경이 어이가 없어 웃고 말았다.

"앞도 보지 못하는 분이 그런 말을 하십니까?"

"말했잖소. 내게는 늘 꽃다운 모습만 남아 있다고."

"세상 사람들이 놀릴 겁니다."

무암 존사도 웃으면서 말을 넘겼다.

"그러니까 놀리지 않도록 그대가 다 나을 때까지 여기 잡아 두어야겠소. 꼭꼭 숨겨서 아무도 보지 못하게 만들어야지. 내가 이래 봬도 청성의 장문인이거든. 누군가 그대를 이용하여 청성을 음해하려고 생각하나 본데 그리 녹록하지 않다는 걸 보여 주려고 말이오."

단령경이 한숨을 내쉬었다.

"어제, 독룡과 당가의 아이가 마음을 나눈 것을 보았습니다."

"나도 들었소."

"어찌 생각하십니까?"

"개판이지, 뭐. 약문을 멸문시킨 주도자가 당가인데 약문의 후손이 당가의 아이와 정을 통하였으니."

"……."

"아, 그런 대답을 원한 게 아니었소? 허허."

"그저 부러웠습니다."

"그랬…… 소?"

"나도 어쩌면, 그런 용기를 낼 수 있었다면…… 그랬다면 조금은 나아지지 않았을까. 그런 생각이 들었습니다. 과거로 돌아가 그날 그때, 다시 선택을 해야 한다면 제 삶이 지금보다는 행복했을까 하는 생각이 들었습니다."

"아직 늦지 않았소."

무암 존사가 말했다.

"지나간 행동은 되돌릴 수 없으나 마음은 언제든 되돌릴 수 있소."

"저도 그 아이에게 같은 말을 했습니다. 하나 정작 나는 그러지 못하였더군요. 만약⋯⋯."

단령경이 잠시 말을 끊었다가 말했다.

"내가 그를 용서하겠다고 한다면."

그 순간 무암 존사의 얼굴에서 웃음이 사라졌다.

단령경이 다시 물었다.

"그러면 존사께서는 나를 용서해 주실 수 있습니까?"

그러자 무암 존사의 얼굴에는 서서히 웃음이 감돌았다.

"그 얘기는 앞뒤가 안 맞소. 나는 한 번도 그대를 미워하거나 용서를 구해야 할 만큼 죄를 지었다고 생각한 적이 없소. 하지만 그럼에도 불구하고 그대가 과거를 후회하고 다시 돌아오겠다고 한다면⋯⋯."

단령경이 말했다.

"잘 대답하십시오. 지금 오라버니는 청성파의 장문인이십니다. 많은 사람들이 오라버니가 마음대로 하도록 내버려 두지 않을 겁니다."

"령령."

무암 존사가 온화한 미소를 지으며 대답했다.

"나는 엄청나게 세다오. 청성파에서 제일 세지. 만일 내가 장문인을 관둔다고 해도 어떤 놈이 감히 내게 토를 달겠소?"

"예나 지금이나."

단령경은 다소 치기 어린 듯한 무암 존사의 말투에 미소를 머금었다.

"정말로 변한 게 없는 건 내가 아니었던 것 같습니다."

무암 존사가 짐짓 근엄하게 대답했다.

"그대의 앞이라 노력하는 거요. 사실 삼십 년 전의 모습을 생각하고 그대로 흉내 내느라 머리가 빠지고 있다오."

누가 봐도 농담이라는 걸 알 수 있었다. 머리가 빠지긴커녕 칠흑처럼 윤기가 나는 검은 머리가 흰머리보다 많은 사람이다.

왜 그랬을까.

예전에는 무암 존사의 이런 너스레가 싫었다. 너무 가벼워 보이고 철이 없어서 싫었다. 농담이라는 것도 때와 장소를 가려야 하는데 무암 존사는 그렇지 못했다. 마치 단령경을 웃겨야 한다는 강박에 휩싸인 사람 같았다.

그래서 단령경은 말이 없고 묵직한 남자다운 성격의 그를 택하고 말았다……

단령경의 말이 없어지자 무암 존사는 분위기가 어색해진 걸 깨달았다.

"소회(所懷)하는 거요, 참회하려는 거요? 그래 봐야 그대는 내게 구박받지 못할 거요. 아무리 잘못한 점을 고백해도 나는 그대를 구박하지 않을 거니까."

단령경은 눈을 감고 웃었다.

자신이 잘못 생각했다.

가벼운 사람이 어찌 삼십 년 동안 이리도 한결같을 수 있을까.

무암 존사는 결코 가벼운 사람이 아니었다. 그것은 단령경에게 웃음을 주려다 보니 그리 보였을 뿐, 실제로는 한없이 깊고도 깊은 마음을 가진 사람이었다.

"오늘의 만남은 참으로 의미가 있었습니다."

"다행이군. 안 그랬으면 복천 사제는 나한테 많이 맞았을 테요."

무암 존사가 잠시 생각하다가 말했다.

"원한다면 내가 독기를 빼내는 일을 도와줄 수 있소."

"그것은 아직 이릅니다."

발독(拔毒)하여 독을 밀어내고자 하면 맨살을 맞대어야 한다. 무림인은 일반인보다 훨씬 법도가 자유롭다 하나 엄연히 남녀가 유별하다.

더구나 그 둘은 젊은 청춘남녀도 아니다. 한 명은 이미 한 번의 지아비가 있었던 여인, 그리고 다른 한 명은 그 여인을 오래전부터 사모하던 남자.

그것이 강호에 알려진다면 도저히 회복할 수 없는 추문에 휩싸일 것이 분명하리라.

"그땐 정말로 저는 아무 남자에게나 몸을 맡기는 부끄러움도 모르는 여자로 보이게 되겠지요."

"알겠소. 나도 그대가 받아들일 거라고 생각하지 않았소. 그냥 해 본 말이오."

"그럼 이제 가십시오. 그리고 다시는 찾아오지 마십시오."

무암 존사는 다소 서글픈 표정을 지었다.

"정말 이제 마지막인 것 같구려."

단령경은 잠시 뜸을 들였다가 말했다.

"때가 되면 내가…… 찾겠습니다."

만약 무암 존사가 눈이 멀쩡했다면 눈을 휘둥그레 떴을지도 모른다.

"가까운 날은 아닐 겁니다. 평생 걸릴지도 모릅니다."

무암 존사는 놀랐는지 아무 말도 하지 못하였다.

"대신 그 아이를 한번 만나 보아 주십시오."

"그 아이라면……."

"독룡."

"알고는 있소. 복천 사제가 내기했다가 졌다고 하더군. 그렇잖아도 한번 얼굴을 볼까 하고 있던 참이오."

"알고 계시다니 잘됐군요."

단령경이 조용히 고개를 숙였다.

"언제가 될지 모르지만…… 내 마음의 짐이 모두 덜어지는 날이 온다면, 그 눈의 붉은 천을 푸른색 천으로 바꿔 드리겠습니다."

＊　　　＊　　　＊

진자강은 다시 수련을 시작했다.

새벽부터 일어나 하루 종일 쉬지 않고 수련에 박차를 가했다.

편복과 운정은 혀를 내둘렀다.

"참 독한 놈이다, 참."

"그러게요. 저렇게 수련을 하고 싶을까요? 난 되게 귀찮던데."

하지만 예전과 달라진 건 진자강의 옆에 더 이상 소소가 아니라 당하란이 붙어 있다는 점이었다. 잠시 쉴 때면 물을 가져다주고, 밥도 함께 먹었다.

특히나 운정은 당하란의 달라진 모습에 잘 적응하지 못했다. 예전의 쌀쌀하고 무서웠던 당하란의 모습과 지금의 모습은 굉장히 이질적이었다.

"원래 그런 거야."

편복이 인생의 선배로서 조언했다.

"천하의 바람둥이도, 천하의 악녀도 한 사람에게 빠지면 더없이 순한 양이 되지. 봐라. 독룡이 수련할 때 쳐다보는 눈빛을."

편복이 말을 하는 도중에 당하란이 고개를 돌려 편복을 쳐다보았다. 거의 오십 걸음 이상을 떨어져 있는데도 말을 들은 것이다.

당하란의 눈빛이 싸늘했다.

편복이 뜨끔해서 고개를 돌렸다. 운정도 덩달아 등을 돌렸다.

편복이 소곤거렸다.

"거 봐. 우리한텐 안 그러지?"

"네. 독룡 시주한테만 그러네요."

운정이 편복에게 물었다.

"근데 왜 그러는 걸까요?"

편복이 대답을 하려다가 어처구니가 없어 운정을 빤히 쳐다보았다.

"아니, 방금 설명했잖아. 남녀 간에 한번 빠지면……."

그때 운정이 소소가 무거운 빨랫감을 지고 가는 걸 보았다.

"앗, 소저. 제가 도와 드릴까요?"

운정은 편복을 내버려 두고 소소에게 달려가서 짐을 들어 주었다.

"……."

혼자 남은 편복은 "허허" 하고 웃더니 긴 한숨을 내쉬었다.

"좋은 때다. 여기저기 봄이 왔구나."

*      *      *

진자강이 수련 중에도 빼먹지 않는 일은 청성파의 본산을 제외한 다른 산을 돌아다니는 것이었다.

벌써 봄이 와 파릇파릇한 새싹들이 올라오기 시작했다.

초목의 독은 주로 씨앗에 있어 여름이 지나야 제 역할을 하지만 그래도 봄에만 얻을 수 있는 초목독도 있었다. 청철혈선사의 독이 얼마 남지 않았고 망초의 독도 다 사용했으니 새로운 독을 찾아다니는 중이었다.

진자강은 뒤를 졸졸 따라다니는 당하란에게 물었다.

"지루하지 않습니까?"

"전혀. 나는 독공보다 일반 무공을 익혔기 때문에 당신이 하는 게 재미있어."

거짓말이 아니었다. 당하란은 진자강의 행동을 보는 게 재미있었다.

물론 하품하는 것만 보아도 설레는 정인(情人)이라서 그런 면도 있을 터였다. 하지만 약문의 사람으로서 독에 접근하는 방식을 보면 확실히 신선하기 그지없었다.

"본 가에서는 초목독보다 주로 곤충독, 동물독을 많이 썼어. 독액을 추출하고 독성을 높이는 재료와 배합해서 최상의 독을 만들어 내지. 팔대 극독과 삼대 절명독은 강호의 어떤 고수도 무시할 수 없는 본 가의 자랑이야."

당하란은 진자강이 채취하고 있는 고사리를 손으로 뽑아 들었다. 그러곤 진자강처럼 씹어 보았다.

"그런데 당신은 고사리로 독을 만들겠다고 하네. 이게 정말 독이 된다고?"

진자강은 고사리의 새순을 씹다가 생각하는 투로 말했다.

"고사리는 생으로 장복하면 눈이 어두워지고 출혈이 생깁니다. 다리에 병이 생기기도 하는데 감각이 무뎌지고 근이 마비되어 걸음을 걷지 못하다가 심하면 사망에 이릅니다."

"……."

당하란은 고사리를 씹다가 멈추고 찝찝한 얼굴이 되었다. 돌아서서 몰래 뱉었다.

진자강이 웃었다.

"하하, 괜찮습니다. 본래 민간에서도 새순을 자주 먹습니다."

"하지만 방금 당신에게 들은 얘기 대로라면 고사리는 맹독초나 다름이 없는걸?"

"독이 될 만큼이 되려면 굉장한 양을 먹어야 합니다. 민간에서는 고사리를 초(草)라 부르지 않고 궐채(蕨菜)라고 부릅니다. 익혀 먹거나 소금에 절이거나 말려 먹는 걸로 압니다. 목이 아플 때 뿌리나 줄기를 날로 먹어 치료하는 민간요법도 있습니다."

"독이 없지는 않지만 독성이 약하다는 뜻이구나. 그래서 당신은 고사리를 계속 씹어서 독을 뽑아내 몸에 쌓고 있는 거고. 어쩌면 당신은 전설의 만독불침 같은 신체인지도 모르겠네. 일전에 흡혈슬조차 당신을 건드리지 못했잖아."

"꼭 그런 건 아닙니다. 최초의 한 번은 독이 굉장히 심하게 발발하거든요. 독을 섭취할 때에 늘 고생합니다."

"그럼 두 번째에는 괜찮아지는 거야?"

"그런 것 같습니다. 점점 버틸 수 있을 정도로 독에 적응하는 것 같더군요."

당하란이 말끝을 흐리며 말했다.

"근데 왜 탈심환은 그렇게 효과가 내내……."

흠칫.

진자강은 말없이 고사리를 뽑기 시작했다.

　　　　　＊　　　　　＊　　　　　＊


　진자강은 야반을 넘어선 깊은 밤에도 잠들지 않고 운기
행공을 했다.

　단령경이 다 나으면 곧 떠나려 할 것이다. 진자강 역시
그 이후로는 청성산에 머물 빌미가 없어지게 되므로 함께
떠나야 한다.

　때문에 복천 도장이 약속한 대로 그 전에 청성파의 장문
인인 무암 존사를 만나게 될 가능성이 컸다.

　그러니 그때까지 최선을 다해 옥허구광 오뢰합마공의 수
준을 높여 놓아야 했다. 가르침을 받더라도 알아듣지 못하
게 되면 천재일우(千載一遇)의 기회를 놓치게 되는 것이다.

　하여 진자강은 예전보다도 더 집중하고 노력했다.

　당하란도 이때만큼은 방해하지 않고 자리를 비켜 주었다.

　고요한 밤.

　진자강은 완전한 평온 상태에서 광혈천공을 일으켰다.
그리고 그것을 옥허구광 오뢰합마공을 제어해 우반신에 순
환시켰다.

　중단전과 발바닥의 용천혈에 둑을 쌓고 거친 와류를 분
산시켰다. 단령경의 말에 의하면 와류는 다섯 가지이며 각
각이 오행의 기운을 의미한다고 했다.

진자강은 아직 와류충제를 완전하게 이해하진 못했지만 와류를 두 군데의 둑으로 나눠 효율적으로 다스리는 데에는 성공했다.

하나 더.

오늘은 조금 더 욕심을 부려서 둑 하나를 더 만들어 보고 싶었다.

옥허구광의 둑은 총 아홉 개.

하단전. 중단전. 상단전인 백회.

양팔의 좌우 장심(掌心), 양발의 좌우 용천혈.

그리고 항문과 음낭의 사이인 회음혈, 허리 뒤의 명문혈까지다.

진자강으로서는 좌반신을 쓸 수 없었으므로 잘된다고 하더라도 최대 일곱 개의 둑, 칠광까지밖에 만들 수 없었다. 물론 단령경은 오광만으로 굉장한 고수의 축에 들게 되었으니, 칠광이라 하더라도 결코 만만한 수준은 아닐 것이리라.

한데 이날 진자강이 욕심을 부리고 있는 것은 회음혈이다.

유독 회음혈이 트이고 있는 기분이 들어서였다. 그것은 당하란과의 첫 밤을 치른 이후에 생긴 변화다. 회음혈이 간질거리면서 진기의 유통이 원활해진 것이다.

이전에는 알지 못했던 느낌이었다.

하여 진자강은 회음혈에 둑 만들기를 도전했다. 기혈에 내공을 모아 회음혈을 단단하게 틀어막은 후 둑의 모양을 만들어 가두었다.

쉽게 되지는 않아도 될 것 같다는 느낌이 있었는데, 생각보다 잘되지 않았다.

자꾸 내공의 일부가 다른 곳으로 빠져나가며 음심만을 불러일으킬 뿐이었다. 게다가 음심이 동하면서 당하란의 모습이 어른거려 정신까지 산만해졌다.

'내가 왜 이러지?'

심장이 빠르게 뛰면서 곧 하복부가 뻐근해졌다. 진자강은 그것이 내공이 온몸에 활력을 불어넣으면 절로 생기는 증상이기도 하니 대수롭지 않게 여겼다.

하지만.

"구멍 난 독에다가 무작정 물을 채워 넣으려 하니 어디 되겠느냐?"

갑자기 들려온 중후한 목소리가 진자강의 정신을 일깨웠다.

"호흡부터 가다듬어라. 들숨을 줄이고 날숨을 들숨의 두 배로 늘려라."

단전 호흡으로 진자강이 알고 있는 방법과 정반대였다.

그러나 시키는 대로 하였더니 상태가 금세 달라졌다. 날숨이 늘어나니 빠르게 뛰던 심장이 조금씩 이완되며 긴장이 풀렸다. 불안정하던 마음이 가라앉았다.

"들숨은 소화를 촉진하고 하부 장기의 운동을 활발하게 만든다. 일단 들숨을 줄임으로써 진정시켰으나 곧 다시 어지러워질 것이다. 잡생각을 버리고 집중해라."

진자강은 호흡에 집중했다.

목소리가 다시 들려왔다.

"이제 들숨을 날숨의 두 배로 늘려라."

심장이 빨리 뛰기 시작했으나 이미 기분이 진정되어 큰 불안은 없었다.

대신 목소리의 말대로 하부 장기가 활발해지면서 하복부에 다시 피가 몰리기 시작했다.

"호흡을 멈추고 지식(止息)하여 회음으로 내공을 집중해 보아라."

진자강은 그의 말대로 호흡을 멈추고 내공을 몰아넣었다. 방금과는 비교도 할 수 없는 내공이 회음혈에 몰려 묘한 기분이 들었다. 내공이 들끓으며 뜨거운 기운이 느껴졌다.

"아랫배를 당기고 허리를 펴며 백회를 열어라."

회음혈에 내공이 너무 들어차 더 이상 막고 있기가 어려웠던 진자강은 억지로 참으며 백회를 열었다. 백회혈이 열리자 유독 찬 기운들이 몰려들어 왔다.

머리가 핑 돌았다. 찬 기운은 진자강이 의도하지 않아도 임맥을 타고 내려가 뜨거워진 하복부로 몰려갔다.

"이제 회음을 열어라."

진자강은 오줌보가 터질 듯한 느낌 속에서 회음혈을 열었다.

"수승화강(水昇火降)."

차가운 기운이 머리로 올라갔다가 내려가고, 내려갔다가 올라간다. 뜨거운 기운도 그에 맞춰 오르고 내리며 점차 평형을 맞춰 갔다. 생겨난 기운은 아까보다 훨씬 더 커졌는데 그때보다도 더 안정된 상태가 되었다.

진자강은 그 상태에서 아주 편안하게 회음혈에 둑을 쌓을 수 있었다.

*　　　*　　　*

평온했다.

몸 안의 상태가 바람 없는 호수의 수면처럼 고요하기 때문에 평온한 것이 아니다.

뜨거운 기운과 차가운 기운이 번갈아 오르내리며 생겨나고 사라지는데도 그 과정 자체가 몸의 평형을 유지하고 있어서 평온함을 주는 것이다.

'음양은 상대적인 평형을 유지할 때에야 비로소 조화롭다 하더니, 이런 뜻이었던가?'

음양의 상호대립(相互對立). 음양은 대립하지만 서로를 견제한다.

상호의존(相互依存). 음양은 반대되지만 의존하며 서로를 이용한다.

상호소장(相互消長). 음양은 쇠하고 생성함을 반복하며 치우침 없이 조화를 유지한다.

상호전화(相互轉化). 대립과 의존과 소장의 상태가 극에 달하면, 음과 양은 스스로 양이 되고 음이 되어, 음양의 구분 없이 태초의 평형을 이룩한다.

태초의 무극(無極)은 음과 양으로 분화하여 태극이 되었음에, 태극은 다시 태초의 무극을 추구하니.

그것이 혼원(混元)이다!

번쩍!

진자강은 개안하였다. 눈은 여전히 감고 있었지만 봉사가 눈을 뜬 것 같은 충격을 받았다.

마음이 크게 동하여 슬픈 광경을 본 것처럼 눈물이 났고, 기쁜 일을 본 것처럼 웃음이 났다.

하지만 기분은 매우 좋았다. 내공이 계속해서 수승화강의 묘를 통해 주천을 할 때에 이제까지는 느끼지 못했던 쾌감을 느꼈다.

몸 안의 더러운 것들이 계속해서 씻겨 나가고 파열된 기혈이 복구되며 새롭게 태어나는 듯한 느낌이 들었다.

마치 조금만 더 있으면 그대로 새하얀 순백의 상태로 돌아갈 것만 같은!

"이놈아."

"어허?"

"이런 욕심 많은 녀석 보게? 한 번에 대립, 의존, 소장까지 깨쳤어?"

"재능도 없어 보이는 놈이 참 열심히도 하는구나. 노력이 무재를 뛰어넘었나."

"그런데 왜 전화는 뛰어넘어? 쯧쯧. 성급하게시리."

"그만해라. 혼원까지 가기엔 글렀다."

"주제넘게 굴지 말고 그만 일어나거라."

계속해서 진자강을 방해하는 음성들이 진자강의 정신을 흐트러뜨렸다.

진자강은 방해하는 자에게 살의까지 느꼈다. 몸이 으슬으슬했다. 스스로의 살기에 스스로의 몸이 침해당한 것 같은 착각마저 들었다.

몸이 아파 왔다.

'날 방해하지 마!'

그만큼 진자강이 느끼고 있는 깨달음에 대한 욕구는 강렬했다. 그리고 그럴수록 왜인지 몸이 뻣뻣해지고 굳어 가는 게 느껴졌다.

"안 일어날 것이냐?"

'조금만, 조금만 더!'

진자강은 머리가 뜨거워지며 몸 안의 내공이 폭주하는 걸 깨달았다. 자연스럽게 흘러가며 몸에 병을 고치던 내공이 갑자기 비수가 되어 헤집으려 하고 있었다.

'으윽! 조, 조금만.'

진자강은 땀을 뻘뻘 흘렸다.

"안 일어나면 고추 만진다."

너무 어이가 없는 말을 들어서일까, 그 순간 진자강은 호흡이 탁 막혀서 순식간에 깨어나고 말았다.

'뭐 이런⋯⋯.'

진자강은 어처구니없는 얼굴로 앞을 보았다.

눈에 빨간 천을 두른 젊은 노인이 서 있었다. 젊은 노인이란 말이 매우 이상하지만 겉으로는 젊어 보이나 분명히 나이 든 노인인 것이 분명하기에 든 생각이었다.

아무리 날카롭게 기감을 세워도 아무런 기세가 느껴지지

않는 기이한 도사였다. 마치 바람처럼, 나무처럼 허허롭기까지 했다.

"하아……!"

아쉬움의 탄성이 저절로 튀어나왔다. 하지만 도사가 혀를 차며 말했다.

"능력이 안 되는데 무리하게 무공을 익히니 그 꼴이 됐지."

진자강은 도사가 무슨 말을 하는지 몰랐다. 그러나 도사의 시선을 따라 왼팔을 본 순간 깜짝 놀랐다.

왼팔의 모공에서 새까만 땀이 솟아 나와 방울방울 맺혀 있었다. 그러나 결코 말끔한 느낌을 주는 것이 아니었다. 보기만 해도 더럽고 불쾌감이 드는 땀방울이었다. 왼팔뿐 아니라 좌반신 전체가 그러했다.

그런데 좌반신이 그 어느 때보다도 상쾌하고 가뿐했다. 이 오물 같은 검은 땀이 흘러나왔기 때문인 듯했다.

진자강이 역겨움을 참고 옷으로 땀을 닦으려 했다.

"탁기(濁氣)다. 내버려 둬라."

하지만 그것은 마치 살아 있는 것처럼 꾸물거리다가 서서히 솟아 나왔던 모공으로 스며들기 시작했다.

저 구역질이 날 것 같은 오물이 자기 몸 안으로 되돌아간다니!

그러면 날아갈 것 같은 좌반신의 이 상쾌한 느낌은 사라지고 다시 꽉 막혀 불편한 몸이 될 것이다.

진자강은 머리칼이 곤두섰다. 소름이 끼쳤다. 아무래도 내버려 두면 안 될 것 같은 생각이 들었다.

하지만 도사가 말린 데에는 이유가 있을 수 있다. 진자강은 아랫입술을 꽉 깨물어 금방이라도 닦고 싶은 욕구를 참으며 도사를 쳐다보았다.

도사가 물었다.

"내가 왜 네게 음양설을 설명했겠느냐?"

진자강은 잠시 생각하다가 깨달았다.

이 오물 같은 새까만 땀은 탁기로, 진자강의 좌반신 기혈을 막고 있던 것이다. 당연히 탁기가 사라지면 진자강의 좌반신 기혈은 말끔해진다.

그러나 그렇게 되면 우반신과의 평형이 깨지고 만다.

망료는 진자강의 우반신 기혈을 억지로 타통시키고 광혈천공까지 심어 놓았다. 거기에 진자강은 우반신의 기혈만을 계속 발전시켜 왔다.

언젠가는 그 힘으로 좌반신까지 타통시킬 수 있을 거라 생각했다.

하지만 좌반신은 조금도 열리지 않았다. 진자강의 우반신이 발전할수록 좌반신은 더욱더 굳건해졌다.

기혈이 열린다는 것은 곧 광혈천공으로 인해 기혈이 파괴되어 죽게 된다는 뜻이기에, 좌반신의 탁기는 진자강의 생명을 지키기 위해서 스스로 단단히 굳어 폐맥(閉脈)을 택한 것이다.

우측이 열리면 열릴수록 좌측은 닫힌다. 우측이 부드러워지면 좌측은 단단해진다. 우측의 순환이 원활해지면 좌측의 순환은 막힌다.

이 모순적이며 동시에 지극히 당연한 현상은 특수한 상황에 처한 진자강의 몸이 스스로 이루어 낸 음양의 조화.

몸의 균형이 심각하게 기울어졌다고 생각했는데, 오히려 그것은 생존을 위한 또 다른 균형의 결과였다.

"금방 안 것 같구나. 그러면 네 몸이 정상이 될 수 있는 방법도 알겠지?"

"상호전화."

"똑똑하군."

음양의 상호전화. 음이 양이 되고 양이 음이 되는 경지.

그때가 되면 음양의 구분이 사라져서 좌측의 탁기를 소멸시킬 수 있다.

진자강이 생각하는 사이에 탁기는 진자강의 좌반신에 모조리 흡수되었다. 피부에 얼룩이 남았다.

진자강은 바로 일어나서 포권했다.

"무례했습니다. 가르침에 깊이 감사드립니다."

"그래. 내가 무암이다. 나를 보자 했다고?"

무암 존사!

"얘기가 길어질 것 같으니 자리를 옮기지."

무암 존사가 앞서 걸었다. 진자강은 그의 뒤를 따라가면서 자신의 몸에 일어난 변화를 확연히 느꼈다. 아까보다도 훨씬 더 몸이 가벼워졌다.

무암 존사는 눈이 보이지 않는데도 휘적휘적 잘도 걸었다. 그런데도 거의 뛰는 것만큼 빨랐다.

무암 존사는 복천 도장이 그어 놓은 경계선을 넘어서 갔다. 진자강이 멈추자 돌아보았다.

"왜 그러느냐?"

"그쪽으로 가는 데에 조금의 복잡함이 있습니다."

"괜찮아."

무암 존사가 슬쩍 수염을 들며 웃었다.

"내가 장문이다."

"그렇군요."

더 이상 다른 말을 할 필요가 없었다. 진자강은 다시 무암 존사의 뒤를 따라갔다.

＊　　　＊　　　＊

겨우 몇 뼘이나 될까 말까 한 너비의 아슬아슬한 잔도(棧
道)를 아무렇지 않게 걸어 올랐다.

한 식경은 족히 걸은 후, 무암 존사가 진자강을 데려간
곳은 청성산의 옆 줄기를 따라 가파르게 솟은 봉우리였다.

사람 몇 명이 누울 수 있는 작은 공터에 커다랗고 반듯한
바위가 있었는데 바위 위에는 바둑판이 하나 놓여 있었다.

무암 존사가 바위 위로 올라가 앉아서 진자강을 바둑판
에 마주 앉게 했다.

"위기(圍碁)할 줄 아느냐?"

위기는 바둑이다.

"좋아할 시간이 없었습니다."

"어린놈이면 어린놈답게 굴어. 건방진 대답으로 뭉뚱그
리지 말고."

"아까의 가르침은 감사했습니다만……."

"남의 인성은 가르치지 말라? 그 가르침 하나를 얻기 위
해 얼마나 많은 사람들이 내게 애원하는지 아느냐?"

"살아 있다면 언젠가 빚을 갚겠습니다."

"괜찮아. 그런 생각이면 안 갚아도 돼. 어차피 금방 죽을
거니까."

아무리 진자강이라 하더라도 듣기 좋은 말일 리 없었다. 진자강의 표정이 굳었는데, 그걸 어떻게 알았는지 무암 존사가 웃었다.

"지금 매우 기분이 나쁘지? 뭐 이런 노인네가 다 있는가, 하고 말이야."

비꼬는 투는 아니지만 재밌어하는 말투였다.

"믿기 어렵겠지만 나는 네게 굉장한 호의를 갖고 있다. 내가 수십 년 동안 변화시키지 못했던 사람을 네가 변화시켜서야. 그래서 나는 네게 굉장히 감사하고 있느니라. 내가 이렇게 말을 많이 하는 걸 본다면 본산 제자들이 기겁을 할 게야."

"솔직히 감사하는 사람의 태도로 느껴지지는 않습니다."

"내가 청성파의 장문이잖으냐. 장문이 되어 가지고 굽실거리면서 감사하면 체면이 안 서지. 그 정도는 네가 이해해라."

진자강은 말문이 막혔다.

장문의 자리 같은 것에 연연하지 않는 듯한 말투이면서 또 의외로 연연한다.

이러한 사람과는 도대체 어떻게 대화를 이어 가야 하는가?

편복의 말처럼 청성파의 도사들은 개성이 강해서인지 정말로 상대하기 껄끄러울 수밖에 없었다.

"알겠습니다."

"호탕해서 좋구나. 그럼 바둑을 가르쳐 주마."

"바둑은 나중에 배우겠습니다."

"지금 배우는 게 좋을 거다. 바둑을 알면 세상을 볼 수 있게 되느니라."

"눈이 보이지 않는데 바둑을 둘 수 있습니까?"

"눈이 먼 병신보다, 눈이 멀쩡하게 있는데도 바둑을 둘 줄 모르는 놈이 더 병신이다."

"하하하."

진자강은 웃을 수밖에 없었다. 틀린 말은 아닌데 진지했다가 진지하지 않았다가 제멋대로여서 그냥 웃음이 나왔다.

"약속하지. 재밌을 게야."

무암 존사도 웃었다.

"거기 돌이 있으니 들거라."

진자강은 옆에 놓인 돌들을 무심코 집으려다가 깜짝 놀랐다.

무암 존사가 놓은 돌처럼 매끈하고 예쁜 모양이 아니었다. 동글동글하고 두툼한 조개껍질이었는데 모양이 다 제각각이었다.

"방각(蚌殼)이다. 남홍, 마노, 황룡옥, 비취로 만들면 좋으나 이 깊은 산중에서 그런 호사를 누릴 순 없으니 직접 만들어 쓸 수밖에."

바다에서나 나는 조개껍질을 깊은 산중에서 쓴다는 게 더 호사가 아닌가!

"나는 눈이 안 보여 소리가 청명하게 잘 나야 네가 어디에 두는지 알 수 있단다. 그러니까 대충 할 생각 말고 잘 깎는 게 좋을 게야."

무암 존사의 돌은 붉은색이 감도는 돌이었다. 무암 존사가 붉은색 돌조각을 들어 손바닥 사이에 놓고 손바닥을 비볐다.

뿌드득. 꾸드득.

돌이 갈리며 돌가루가 비늘처럼 떨어졌다.

둥그런 모양을 얼추 만든 후 손톱을 세워서 옆의 가장자리를 밀어 깎았다. 그러더니 오른손 검지를 구부려, 구부린 공간에 돌을 끼우곤 엄지로 밀어서 광택을 냈다.

돌을 쥔 후 이리저리 만져 보더니 흡족한지 고개를 끄덕였다.

무암 존사는 검지와 중지 사이에 바둑돌을 끼우고 손을 들어 올렸다.

"처음이니 내가 먼저 두어 보마. 난 소목에 시작하지."

딱.

경쾌한 소리가 나며 바둑돌이 놓였다.

붉은 광택을 띤 납작하고 동그란 돌이 바둑판 사방의 한 귀퉁이, 검은 점 옆의 줄에 놓였다.

"너는 이쪽에 놓으면 된다. 반대쪽 점이 있는 자리. 거기가 화점이다."

하지만 진자강은 조개껍질을 들고 쳐다볼 뿐이었다.

무암 존사가 진자강을 재촉했다.

"뭐하느냐? 기다리고 있잖아."

진자강이 대답하지 않자 무암 존사가 미소를 지었다.

"그냥 하자니 흥이 안 나지? 그럼 이렇게 하자꾸나. 바둑 한판을 다 두고 나면, 네게 옛날이야기 하나를 해 주마. 옥허구광 오뢰합마공을 원한다면 듣지 않고는 못 배길걸."

# 第二章
## 기보(棋譜)

　진자강은 무암 존사를 쳐다보았다.

　무암 존사의 감정은 드러난 표정으로만 보아야 한다. 눈에 안대를 하고 있어 눈빛을 읽을 수 없었다.

　진자강이 계속 망설이자 무암 존사가 핀잔을 주었다.

　"어디에 놓으라고 가르쳐 주는 데도 못 놓는 것이냐?"

　"바둑이란 게 원래 이런 것이었습니까?"

　"글쎄다."

　무암 존사가 수염을 쓰다듬으며 말했다.

　"본 문의 선인 중 한 명에게는 평생의 숙적이 있었는데, 그 숙적과 한 번 만나 본 적이 없는데도 바둑 한 판을 사십 년 동안 둔 적이 있다더구나."

"바둑 한 판을 사십 년이나 말입니까?"

"일반 사람들이 찾아올 수 없는 험난한 곳에 바둑판을 놓고 일 년에 몇 번씩 찾아가 서로 돌을 두었다고 한다. 그래서 사십 년이 걸린 것이지."

진자강은 묘한 기분이 들었다.

강호에 기인이사(奇人異士)가 많은 것은 어제오늘 일이 아니다. 진자강도 어렸을 때엔 무수한 협객들의 일화와 신비로운 전설을 들으며 가슴이 설레었던 적이 있었다.

물론 직접 경험한 강호는 지독하게도 차갑고 냉정하며 잔인하기 그지없었으나……

무암 존사의 얘기를 듣는 지금만큼은 어렸을 때의 감흥이 그대로 살아나는 듯했다.

진자강은 잠깐이나마 과거로 돌아간 기분을 느끼며 물었다.

"승부는 났습니까?"

"안타깝게도, 마지막 십 년 동안은 상대가 더 이상 수를 두지 않아서 결판이 나지 않았다고 하는구나."

무암 존사가 긴 미소를 머금었다.

"그러니까 바둑이 이런 것이니, 아니니 나로서는 단정 짓기가 어렵겠구나. 누군가에게는 인생 이상의 의미도, 누군가에게는 아무런 의미가 없는 것이기도 하지 않겠느냐."

무암 존사가 손을 휘저었다.

"알아들었으면 어서 네 돌이나 놓거라."

"쉽지 않군요."

이 딱딱하고 두꺼운 조개껍질을 어떻게 돌로 만들어 놓는단 말인가?

"나는 늘 상대와 수준을 맞추어 두었다. 일단은 네가 둘 수 있다 생각해서 자리에 앉힌 것이다."

무암 존사의 말에 진자강은 약간의 할 수 있다는 느낌을 받았다.

옥허구광 오뢰합마공의 둑 세 개를 쌓았으니 돌을 만들 수 있다는 뜻이다.

진자강은 조개껍질을 손에 쥐고 광혈천공을 일으켰다.

조심스럽게 내공을 손에 보냈다. 하지만 손가락에 힘을 준 순간 손가락 두께보다 두꺼운 조개껍질이 여지없이 부서졌다.

와직.

진자강은 당황했다.

이 단단한 조개껍질을 바둑돌처럼 동그랗게 다듬으려면 내공을 얼마나 많이 써야 하나 생각했는데, 그냥 힘을 주자마자 부서지다니?

겨우 첫 시도였을 뿐인데 실패한 모습을 본 무암 존사가 몸을 일으켰다.

"두고 있거라. 나는 일을 보고 오마."

진자강은 바둑을 두다 말고 무암 존사가 어딜 가나 싶어 쳐다보았다.

"세상 사람들은 장문이 고개만 끄덕이며 '그리하라' 하고 말만 하면 그만이라고 생각하는데 의외로 할 일이 많단다."

"알겠습니다."

무암 존사는 진자강을 혼자 내버려 두고 봉우리를 내려가 버렸다.

혼자 남은 진자강은 자리에 앉아 계속 방각으로 바둑돌을 만들려 애써 보았다. 늘 사람을 죽이기 위한 방향으로 내공을 수련했던 진자강으로서는 이전까지 한 번도 해 본 적이 없던 내공의 응용법이다.

이것이 과연 의미가 있을까.

그 시간에 차라리 수련을 하는 게 낫지 않을까 싶기도 했다.

그러나 한편으로는 오기가 치솟았다. 진자강에게 부러움의 대상이었던 거대 문파의 제자들은 이런 것을 일상적으로 하지 않겠는가!

그래서 진자강은 자리를 떠나지 않고 계속해서 시도했다.

밤이 되어도 진자강은 아직 한 개의 돌도 만들어 내지 못했다. 아무리 내공을 살살 일으켜도 진자강의 손에 닿은 조개껍질은 금세 깨지거나 부서지고 말았다. 껍질이 아무리 두꺼워도 마찬가지였다.

다행히도 방각은 충분히 있어서 계속 시도해 볼 수 있었다.

무암 존사는 달이 한참이나 뜬 때에 올라왔다.

진자강의 손에서 조개껍질이 다시 바스러졌다.

와작.

무암 존사가 무표정하게 말했다.

"소리를 들으니 바둑판을 확인할 필요도 없겠구나."

무암 존사는 진자강에게 밥 한 덩이를 던져 주고 다시 내려갔다.

진자강은 온갖 수단을 다 써 보았다.

조개껍질 두 개를 맞대어 갈듯이도 해 보고, 돌에 갈아도 보았다.

그러나 어떻게 해도 조개껍질은 온전하지 못했다. 두께에 비해 강도가 약하다고도 할 수 없었다. 내공을 쓰지 않으면 맨손으로는 부러뜨리기도 힘들다.

그러나 아주 살짝만이라도 내공이 들어가면 여지없이 부서져 버리니 난감했다.

'내가 내공을 섬세하게 다루는 능력이 이렇게 부족한 것일까?'

하나 애초에 광혈천공 자체가 거친 야생마같이 날뛰는 놈이다. 그것을 옥허구광 오뢰합마공의 인도법으로 겨우겨우 억눌러서 운용하는 것이다.

이 이상 길들여서 더 부드럽게 이용하는 건 불가능한 지경이었다.

'어찌해야 하지?'

진자강은 고민에 빠졌다.


새벽 동이 트기도 전에 무암 존사가 올라왔다. 진자강은 그때까지 눈도 붙이지 않고 있었다. 그러나 진전은 없었다.

무암 존사는 밥 한 덩이를 던져 주고 내려갔다.


진자강은 초조해졌다.

사흘.

사흘간 단 하나의 돌도 깎아 내지 못했다. 동그란 돌 비스름하게 만들어 내지도 못하고 전부 부숴 버렸다.

스스로에 대한 자괴감까지 들었다.

"하하. 내가 이렇게까지 재능이 없었구나."

무암 존사는 하루에 두세 번 정도 찾아왔는데 나중에는 한마디도 하지 않았다.

그냥 바둑돌을 놓았나 확인하더니 바로 내려가 버렸다.


그러기를 오 일째.

무암 존사가 오랜만에 말을 꺼냈다.

"마냥 내버려 두려 했더니 시간이 모자라겠구나. 복천 사제에게 한 대 먹였다기에 기대했더니, 너처럼 멍청한 녀석은 처음 본다."

진자강은 아무 변명도 할 수 없었다.

"사람은 잘 죽이면서 돌 하나 못 깎는 놈이 무슨……."

무암 존사는 혀를 찼다.

진자강은 거의 잠을 자지 않았기 때문에 피곤하기도 피곤하여 신경이 날카로워져 있었다.

"복수에 돌 깎는 일이 필요합니까?"

"복수하겠고 칼 든 놈이 자기 칼의 손질을 대장간에 맡기려느냐? 자기가 쓸 칼 정도는 스스로 손질할 줄 알아야지. 전혀 간절함이 없구나."

'간절함이 없다고?'

진자강은 자신에게 간절함이 없다는 말이 무엇보다 충격

이었다. 살아남기 위해, 복수하기 위해 그 지옥을 살아 나왔는데 간절함이 없다고!

진자강은 백화절곡에서의 살육과 갱도에서의 삶을 생각하자 화가 치밀었다.

은연중에 살기가 흘러나왔다. 다듬어지지 않은 자연의 살기는 진자강의 몸에 밴 것이다.

진자강이 의도하지 않은 바이나, 받아들이는 쪽은 다르다.

"어쭈?"

무암 존사의 입술 끝이 치켜 올라갔다.

"은혜도 모르는 놈. 세상의 고통을 제가 혼자 짊어진 줄 알지."

무암 존사가 발을 들어서 남은 조개껍질을 짓밟아 버렸다.

와지직!

수십 개는 남았던 조개껍질이 전부 깨져 버렸다.

이제 남은 것은 진자강의 손에 들린 하나뿐이다.

"그걸로도 안 되면 포기해라. 네놈은 자격도 준비도 안 되어 있다."

무암 존사는 그대로 내려가 버렸다.

진자강은 단 하나 남은 조개껍질을 들어 보았다. 다른 조개들보다 훨씬 더 두께가 얇고 약해 보인다.

이를 악물었다.

얕보이고 싶지 않았다.

진자강은 조개껍질을 앞에다 놓고 명상에 들어갔다. 단한 번의 기회를 어떻게 사용해야 할지 머리가 복잡했다.

'한 번의 기회밖에 없다면.'

무암 존사의 말대로 준비할 수 있는 만큼 최대한으로 준비하고 마지막 시도를 해야 할 터이다.

＊　　　＊　　　＊

진자강이 외진 봉우리에 올라가 있는 동안 청성파에는 작지 않은 소란이 계속해서 벌어지고 있었다.

사파인들이 계속해서 찾아오고 있었던 것이다.

청성파의 제자들로서도 당황스럽기 짝이 없었다.

와서 바닥에 주저앉아 도교의 경전을 놓고 읽으며 마치 도가에 귀의하러 온 향객들처럼 행동했다.

때문에 싸워서 쫓아내는 것도, 가만히 내버려 두는 것도 애매한 상황이 되어 버렸다.

물론 목적은 단령경의 석방을 요구하는 것이 주였다. 아침부터 저녁까지 그러다가 돌아가서 이튿날이면 다시 찾아왔다. 그리고 그 숫자는 점점 불어나는 중이었다.

온갖 사파의 인물들이 다 찾아오니 청성파 제자들은 바짝 긴장했다.

복천 도장이 매일 나와서 지켜보고 있지 않으면 무슨 일이라도 벌어질 듯한 분위기였다.

살인귀 인마 감충은 한술 더 떠서 감시하러 나온 청성파의 제자들에게 설교까지 했다.

"대동소이(大同小異)가 무엇이냐? 작게는 달라도 크게는 같다는 뜻일세. 그럼 청성파나 우리나 서로가 추구하는 게 무엇이냐? 그것은 한 마디로 태평! 태평성대. 우리가 서로 같은 위치에서 공평하고 대등하게 논의를 이어 갈 수 있다면, 불화도 없을 것이요, 또 다툼이나 분쟁도 있지 아니하겠지."

털이 덥수룩한 거한 잔풍객이 누런 이를 드러내고 웃었다.

"분쟁이 있으면 죽여 버리면 그만이야. 그럼 세상에 분쟁이 있을 수가 없어."

"분쟁 때문에 사람을 죽이는 것이니까 분쟁은 이미 있었다고 봐야지."

"아, 그럼 미리 죽여 버리면 분쟁이 없는 거잖소."

"오호라, 일리가 있군. 그럴 수 있지."

화사신녀가 끼어들었다. 화사신녀가 청성파 제자들에게 물었다.

"도사님들, 도사님들. 남녀 간의 은밀한 분쟁은 어찌합니까? 둘만이 아는 은밀한 분쟁까지 살인으로 해결한다면 세상에는 아이가 태어나지 않게 될 것이고, 그럼 결국에는 사람이 남아 있지 않게 될 것입니다."

청성파 제자들은 이미 화사신녀의 정체를 알았고, 사백숙들로부터 언질을 받기도 했다. 하여 입을 꾹 다물고 대꾸도 하지 않았다.

"응애! 응애애!"

"아이, 참. 울지 말렴 아가야. 청성산 도사들은 남녀 간의 정도 모르는 꽉 막힌 애송이들인가 보구나. 소문에 듣기로 그들의 장문인은 풍류를 아는 남자 중의 남자라 하던데?"

청성파 제자들의 얼굴이 일그러졌다.

"감히……!"

아이가 큰 소리로 우는 소리가 났다. 화사신녀가 아이를 달래며 말했다.

"어머머? 왜들 그러지? 내가 뭐 없는 사실을 얘기하나? 장문인이 소싯적에 우리 선랑께 눈독을 들였던 건 사실이잖아. 그러니까 이렇게 몰래 데려가서 내놓지 않는 걸 보면, 뭔가 못된 짓이라도 하고 있는 거 아냐?"

다른 건 몰라도 존장을 들먹이는 데에야 참기가 쉽지 않았다.

청성파 제자들이 화를 참지 못해 검의 손잡이를 쥐었다.

철걱, 철걱!

분위기가 나빠지자 사파인들이 흉흉한 눈빛을 드러내며 청성파 제자들을 쳐다보기 시작했다.

단순한 삼류 건달들이 아니라 사파인들 중에도 이름난 이들이 섞여 있다. 싸움이 벌어진다고 청성파가 밀리진 않겠지만 피해가 없지 않다. 무엇보다 사파인들과 엮여 강호에 좋지 않은 소문이 돌까 그것이 가장 걱정이다.

복천 도장이 이를 갈았다.

"저것들을 다 죽여 버릴까?"

인마 감충이 손뼉을 쳤다.

"그렇지! 저게 바로 잔풍객이 한 말과 대동소이한 것이지! 다 죽이면 분란이 없다. 이 진리를 청성파의 높은 분께서도 잘 알고 있어요. 그게 바로 대동소이야."

잔풍객이 머쓱한 투로 얼굴을 붉히며 머리를 긁었다.

"거참, 오랜만에 칭찬을 들으니 멋쩍구만?"

청성파의 제자들은 사파인들의 수작질에 기가 막혀서 어이가 없는 얼굴이 되었다.

복천 도장이 눈을 크게 치켜뜨고 사파인들에게 손가락질을 했다.

"경고하건대 그 입으로 본 파의 장문을 더럽히지 말거

라. 후회하게 될 거다."

"응애! 응애에!"

놀란 아기의 울음소리가 났다.

화사신녀가 화를 내며 소리쳤다.

"왜 우리 아이 겁을 줘서 울리고 그러시옵니까, 이 재수 없는 말코 도사 새끼야!"

으드드득.

"이 미친 것이……."

복천 도장의 이마에 힘줄까지 돋았다.

청성파의 제자들이 복천 도장과 함께 분노를 드러내자, 나이 많은 도사 한 명이 나서서 달래며 말했다.

"이미 강호에서는 우리 청성이 사파와 뭔가를 꾸미고 있는 게 아니냐는 말이 도는 모양이다. 너희들은 저것들과 아예 말을 섞을 필요가 없다."

그때 새로 한 명이 더 나타났다.

"사람을 사람 취급하지 않으면 곤란하지. 기껏해야 경전이나 읊어 대는 도사들 주제에 뭐가 잘나서?"

냉소를 풀풀 풍기며 다소 마른 체격의 젊은 남자가 걸어나왔다. 키가 다른 이보다 머리 하나 정도 작은 편인데 허리춤에는 평범한 도를 차고 등에는 등나무 방패[藤牌]를 메고 있었다. 등패는 완전히 둥그런 모양이 아니라 중간이 삿

갓 머리처럼 툭 튀어 올라온 형태였다.

"팔비마걸(八飛魔傑) 구륜!"

겉으로 보기엔 마르고 왜소해서 대단한 자처럼 보이지 않았다. 그러나 그의 이름이 나오기 전부터 그의 행색을 본 청성파 제자들은 긴장하고 있었다.

팔비마걸 구륜은 본래 열다섯 살부터 변방에서 오랑캐들과 싸우던 하급 병졸이었다.

그러나 운이 좋아 매복에 빠진 대장군을 구하는 데 큰 공을 세웠고, 보상으로 대장군의 가전 무공을 얻었다. 이후에 대장군을 따라 이십 년 동안 전장에서 혁혁한 전과를 세웠다.

그런 그가 탈영하게 된 것은 그의 은인이나 다름없는 대장군이 황궁의 권력 다툼에서 밀려 사망하게 된 때문이었다.

팔비마걸 구륜은 그 즉시 탈영하여 관련된 재상들을 모조리 도륙하고, 황제마저 암살하려다 미수에 그쳐 달아나는 신세가 되었다.

그가 도망자 신세가 된 지로 십 년이나 지났지만 아직도 멀쩡하게 돌아다니고 있는 것은 그의 무공이 얼마나 뛰어난지를 방증하는 것이었다.

군부에서는 가히 무적이라고까지 불리던 인물.

기실 그의 행적을 보면, 오히려 사파보다는 정파인에 더 가깝다고 할 수 있었다. 그러나 황제를 시해하려 한 때문에 정파인들은 그와 어울릴 수 없었다. 어울리기는커녕 함께 엮이지 않으려면 잡아서 관부에 넘겨야 할 판이었다.

때문에 사파인이 아니면서 사파인으로 취급받게 된 특이한 경우였다.

팔비마걸 구륜이 복천 도장에게 경고했다.

"함부로 칼 뽑지 마. 발가락으로 경전 넘기고 싶지 않으면."

복천 도장이 살기 어린 미소를 드러내며 구륜을 노려보았다.

"네놈의 자랑인 등패를 몸뚱이와 함께 반으로 쪼개 주랴? 사파 것들하고 어울리더니 행동거지도 아주 사파처럼 변해 버렸구나."

"흥. 수십 년간 전장을 누비며 천하의 누구도 내 등패를 쪼개지 못했는데, 네깟 도사가 할 수 있을까."

둘의 시선이 허공에서 뜨겁게 맞부딪쳤다. 금방이라도 손을 쓸 것 같은 분위기가 팽배해졌다.

노도사가 복천 도장을 말렸다.

"그만두게. 일부러 시비를 걸고 있어."

"걸어오는 시비는 마다하지 않는 게 미덕 아니겠습니까?"

"장문이 당부한 바를 잊지 말게."

무암 존사의 얘기가 나오자 복천 도장이 인상을 잔뜩 썼다. 어차피 며칠만 더 있으면 단령경이 멀쩡한 모습으로 나오게 된다. 괜히 분란을 일으켜서 일을 복잡하게 만들지 않는 게 좋다.

복천 도장은 이를 꽉 깨물고 구륜을 노려보며 물러섰다.

"끄응."

구륜이 비웃었다.

"허세는."

노도사의 중재로 청성파 제자들도 화를 가라앉히며 물러섰다. 하지만 불안정한 대립은 한동안 계속해서 이어졌다.

*     *     *

진자강은 무암 존사의 말을 계속해서 곱씹어 보았다.

왜 그가 간절함이 없다고 했을까.

"아!"

한참을 생각하던 진자강은 탄성을 냈다.

"혹시나 내가 잘못 생각하고 있었는지도."

진자강은 섬세한 작업을 해야 하니 최대한 내공을 적게 써서 만져야 한다고 생각했었다.

감각이 낮은 상태에서 무턱대고 힘을 적게 준다고 될 수 있는 일이 아니었는지도 모른다.

그 반대의 경우는 시도해 보지 않았다.

내공을 최대로 끌어 올리면 내공을 제어하기는 힘들어지지만 감각이 고도로 활성화된다. 활력이 충만해지면서 전신 감각이 완전히 깨어난다.

그 상태에서 내공을 제어해 돌을 깎아 내 보는 것도, 위험을 감수하고서라도 시도해 볼 만하다.

어떻게 될지 모르지만 남은 건 그 방법뿐이다.

내공을 최고로 끌어 올려 본다!

진자강은 남은 조개껍질 하나를 손바닥 위에 올린 후 광혈천공을 일으켰다.

한 바퀴, 두 바퀴.

내공을 계속해서 돌렸다. 중단전과 용천혈과 회음혈에 세 개의 둑을 단단히 막고, 쉴 새 없이 내공을 주천시켰다. 한 모금의 진기로 시작된 내공이 진자강의 세맥에 숨어 있던 기운을 빨아당기며 점점 양을 불려 갔다.

투툭, 툭.

버티지 못한 우반신의 기혈이 파열되며 실피가 터지기 시작했다.

몸 안에서 수레바퀴가 맹렬히 도니, 앉아 있는 상태에서도 몸이 들썩거린다. 옷깃이 팽팽하게 부풀고 손바닥 위에 올려 둔 조개껍질이 달달달 떨린다.

'괜찮을까?' 하는 두려움도 얼마 지나지 않아 사라졌다.

진자강은 몸이 터져 나갈 것 같은 고통을 참고 오로지 내공을 제어하는 데에 집중했다. 어느덧 의식적으로 호흡하는 것도 잊었다.

고통이 극에 달할 정도로 내공의 흐름이 거세지고 빨라졌다.

이제 진자강의 우반신은 핏방울이 계속 튈 정도가 되었다.

둑이 세 개가 되었기에 불어날 수 있는 내공의 한계도 세 배가 되었다.

그런데 진자강의 세맥에 숨어 있던 내공만으로는 세 개의 둑을 완전히 채울 수 없었다. 양이 현저히 부족해서 채워지지 않는다.

둑이 없거나 두 개일 때에는 금세 찾아왔던 그것, 고통이 남의 것처럼 느껴지며 혼백이 분리되는 것 같은 일종의 명현(瞑眩) 반응도 일어나지 않았다.

애초에 백회로 받아들인 한 모금의 진기로 몸 안의 잠재 내공을 촉발시켜 이 정도로 불러일으킨 것만도 대단한 노릇이다. 그러나 이제 세맥에 있는 기운마저 모두 끌어 써서 더 이상 힘이 나올 곳이 없었다.

주르륵, 주륵!

진자강의 오른쪽 눈은 실핏줄이 터져서 핏물이 차올랐다. 피눈물이 흘렀다.

그러나 왼쪽은 아직 멀쩡하다.

몸속에서 불이 붙은 무쇠 수레바퀴가 흘러가는 충격과 고통 속에서 진자강은 깨달았다.

'아아.'

진자강을 간절하지 않았다고 다그친 이유가 이것이다. 진자강이 최선을 다해 보지 않았다고 본 것이다. 진자강이 자신의 한계조차 모르고 시도하려 한 걸 알아보았다.

무암 존사의 말이 맞다. 진자강은 바둑돌 하나라고 은연중에 무시했는지도 모른다. 평생의 숙적을 앞에 두고 싸우는 것만큼이나 집중했어야 했다.

하나 어떻게 해서 세 개의 둑을 모두 채우고 감각을 고도화시킬 수 있을까.

무암 존사는 이미 그 방법까지도 알려 주었다.


음양의 상호전화!


우반신의 세맥은 비어 있다. 좌반신의 기혈을 막고 있는 탁기를 끌어와 세맥으로 보낸 후 그것을 끌어 쓴다!

즉, 탁기를 내공으로 이용한다!

진자강의 좌반신을 틀어막은 탁기는 보통의 탁기가 아니다. 절독을 자랑하는 오채오공의 독과 백화절곡에서 천 종류의 약초를 달여 만든 화정단심환과 곤륜황석유의 기운을 모두 지닌 탁기다.

이것을 전부 이용할 수 있다면 진자강은 지금보다 훨씬 더 강한 내공을 사용할 수 있으리라!

진자강은 그때까지 무호흡으로 이를 악물고 내공을 돌리던 중이었는데, 무암 존사의 조언에 따라 들숨과 날숨을 조절해 보았다. 결코 쉬운 일이 아니었다. 마치 까마득한 높이의 절벽 위에서 거센 바람을 받으며 숨을 가다듬는 것과 비슷했다.

그러나, 해낼 것이다.

반드시!

진자강은 내공의 수레바퀴를 더욱 맹렬하게 회전시켰다. 좌측의 탁기가 우측으로 딸려 올 정도로 강력하게!

'느껴진다!'

탁기가 끌려와 내공에 더해지면서 진자강의 둑에 내공이 차오르기 시작했다. 둑이 터질 정도로 막대한 와류가 휘몰아치는 가운데, 진자강은 마침내 감각이 깨어나는 것을 느꼈다.

손에 들고 있는 조개껍질의 결을 따라 단단한 부위와 약한 부위가 저절로 구분되었다. 겉으로 볼 때는 전혀 알 수 없던 조직의 치밀함과 성긴 부분을 전부 느낄 수 있었다.

어디를 건드리면 깨질지, 깨지지 않을지.

\* \* \*

무암 존사의 코가 씰룩였다.

피비린내.

피투성이가 된 진자강의 손바닥 위에서 하얀 바둑돌이 빛나고 있었다.

무암 존사처럼 맨손으로는 할 수 없었던 듯, 반대쪽 손에 단도를 쥐고 있었다. 검기를 이용해서 바둑돌을 깎은 모양이었다.

우웅, 우웅.

단도가 검기를 머금고 몸을 떨며 울렸다.

진자강이 힘들게 바둑돌을 쥐고 바둑판 위에 놓았다.

따— 악!

무암 존사만큼은 아니어도 제법 청명한 소리.

진자강은 헐떡거리면서 길게 숨을 몰아쉬었다.

"존사의 차례입니다."

무암 존사의 입가에 미소가 번졌다.

맨눈으로 볼 수 없었으나 충분히 느낄 수 있었다.

진자강은 다시 한번 자신의 벽을 넘었다.

진자강은 호흡을 고르고 나서 말했다.

"부정하지 못하겠습니다. 사람 죽이는 게 더 쉽군요."

조금의 균열도 없이 청명한 소리가 나는 바둑돌을 만드는 것은 극도의 기예(技藝)였다.

"사람 죽이는 걸 어려워해야 악귀가 되지 않는 법이다."

무암 존사가 흐뭇하게 웃으며 뒷짐을 진 채로 손에 쥐었던 자루를 내려놓았다.

찰그락.

자루 안에는 방각이 수백 개나 더 들어 있었다.

무암 존사가 자리에 앉았다.

"그럼 다음 수를 가르쳐 볼까?"

＊　　　＊　　　＊

"난 이렇게 귀퉁이를 지키마."

무암 존사가 자신이 처음 두었던 자리에서 날 일(日) 자로 떨어진 곳에 돌을 두었다.

"이렇게 하면 이쪽 귀퉁이는 모두 내 집이 된다. 너는 아까 둔 곳의 귀퉁이에서 반대쪽 귀퉁이에 놓거라.”

무암 존사는 한 수를 두고 또 내려갔다.

진자강은 힘겹게 내공을 일으켰다. 아직은 바둑돌 하나를 깎는 데에도 반 시진이 넘게 걸렸다. 간혹 실패하기도 했다.

하여 무암 존사가 자리를 비운 사이에 진자강은 바둑돌을 만들어 두고, 무암 존사가 오면 하나씩 두었다.

“나는 귀걸침을 하지. 이렇게 귀걸침을 하면 상대가 귀퉁이에 집을 만들기 어려워지는 법이다.”

무암 존사가 진자강이 둔 자리에서 다시 날 일 자로 떨어진 곳에 돌을 놓았다.

“마늘모로 이어 붙여라. 그럼 나는 반대쪽의 귀퉁이를 차지하마. 이제 사방의 네 곳 귀퉁이에 모두 돌이 놓이게 되었구나.”

기본적인 집을 짓는 데에만 여드렛날이 더 걸렸다.

“이제 어떻게 해야겠느냐?”

“귀걸침을 배웠으니 귀걸침을 해 보겠습니다.”

“좋은 수다. 나는 양 귀퉁이를 잇기 위해 한 칸을 띄어 변을 키울 것이다.”

“저도 그리하겠습니다.”

“그럼 나는 이쪽 귀퉁이에 귀걸침을 하지. 너는 이 돌의 진로를 막아 너의 세를 늘려야 한다. 나는 최대한 집을 늘리고 너는 막는 게다."

처음에 그토록 오래 걸리던 시간이 점점 줄었다.

이제 명현 현상까지 오지 않아도 조개껍질을 만져 보면 대강 감이 왔다. 조개껍질의 특성을 알게 되니, 모든 힘을 다해서 내공을 일으키지 않아도 둑 하나의 힘만 이용해서도 충분히 한 개의 바둑돌을 깎을 수 있었다.

이제 한 모금의 호흡으로 내공을 일으키면, 적어도 세 개의 돌을 한 번에 깎을 수 있게 된 것이다.

기혈 자체가 단단해진 것은 아닌데 부담이 덜 가면서 기혈이 파괴되는 빈도도 줄었다.

바둑돌을 깎는 시간이 줄어들면서 진자강은 점점 바둑에 집중할 수 있게 되었다. 진자강은 시간이 가는 것도 모르고 무암 존사와 함께 바둑판을 빽빽하게 채워 나갔다.

\*　　　\*　　　\*

가르침은 오랜 시간이 지나서야 종국을 맞이했다.

승부가 난 것은 아니었다. 아직 바둑판은 군데군데 비어 있었고, 돌을 놓을 수 있는 자리도 많이 남아 있었다.

그러나 무암 존사의 가르침은 끝에 다다른 모양이었다.

무암 존사는 마지막으로 진자강에게 한 자리에 돌을 놓으라고 한 후, 한참이나 말을 멈추고 가만히 바둑판을 들여다보았다.

바둑판을 보고 있으나, 바둑판을 보고 있지 않은 눈.

"잘 기억해 두어라. 마지막 수다."

무암 존사는 그 어느 때보다도 정성 들여서 돌을 깎았다. 이전의 돌과는 달랐다.

홍마노(紅瑪瑙).

새빨간 줄무늬가 물결처럼 흐르듯 그어져 있는 아름다운 보옥(寶玉).

무암 존사는 홍마노를 깎는 데에 무려 일각을 집중했다. 그의 손에서 탄생된 바둑돌은 아름다운 광택을 빛냈다.

바둑돌을 들어 올린 무암 존사의 손이 떨렸다.

딱.

돌을 놓은 뒤에도 무암 존사의 손은 쉽사리 떨어지지 않았다.

진자강은 말없이 기다렸다.

무암 존사의 감회가 충분히 잦아들 때까지.

회한으로 얼룩진 무암 존사의 표정를 보면 누구도 그를 재촉할 수 없을 터였다.

한참 만에야 무암 존사가 입을 열었다. 여전히 바둑돌에서 손을 떼지 않은 채.

"나는 어렸을 적 우연히 합마공을 접한 후, 계속해서 의문을 갖고 있었다. 왜 이런 사특한 무공이 도문에 남아 있는가. 익히기에도 위험하고 위력은 파괴적이어서 도무지 도문에 어울리지 않는데 말이다."

진자강은 가만히 듣기만 했다.

"하여 추측했지. 혹시나 이 합마공은 불완전한 게 아닌가. 불완전한 상태로 전해진 게 아닌가. 그렇다면 원류는 어디에서 기인했을까. 몇 날 며칠을 고민하던 나는 때마침 알게 된 현교(祆敎)의 인물과 그 문제를 놓고 토론하기 시작했다."

현교라면 서장 마교가 아닌가!

"알고 있다. 현교 인물과의 교류는 굉장히 위험한 일이란 걸. 하지만 나는 젊었고 그도 젊었다. 한번은…… 아니, 그런 이야기까지는 관두지. 하여튼 결국 우리는 똑같은 결론에 도달하게 되었다."

무암 존사가 잠시 쉬었다가 말했다.

"청성에 남아 있는 합마공에는 진언(眞言)이 없고, 현교에 남아 있는 오뢰진천공에는 구결(口訣)이 없었다."

무암 존사는 앞이 보이지 않았지만 진자강의 무반응을 보고 웃었다.

"알아듣지 못하였구나. 네가 이해했다면 이것은 매우 놀랄 만한 얘기였을 텐데."

"식견이 얕아 드릴 말씀이 없습니다. 구결이 없는데도 무공을 익히는 것이 가능합니까?"

"서장의 일부 교파(教派)는 내공을 이용할 때에 진언을 왼다. 특수한 진언을 반복적으로 외다 보면 말에 담긴 힘이 내공을 인도한다고 믿는다. 강호 무림에서는 일반적으로 호흡법과 의념을 인도하는 구결을 사용하지."

"본래 없는 것일 수도 있는데, 그것을 굳이 구분할 필요가 있습니까?"

"본래 없었다면 그리 결론을 내지도 않았을 것이다. 강호에서는 진언에 의한 주문 수련법을 사마외도의 술로 치부하는 경향이 있다. 합마공도 본래 진언과 구결이 모두 있는 온전한 무공이었으나 후대의 수련 양상에 따라 일부가 소실된 것이 아닌가, 생각할 수 있는 부분이었다."

진자강은 이해하고 고개를 끄덕였다. 마교에 대한 강호 무림의 적대감은 상상을 초월한다. 조금만 마교의 것과 비슷해도 사방에서 의심의 눈초리가 쏟아지고 배척되어진다.

합마공에 마교의 진언술과 비슷한 수련법이 있었다 해도 그것을 쉽게 연마하기 어려웠을 터였다.

"다음은 그냥 그런 얘기다. 합마공을 완전히 복원하고 싶었던 나는 현교의 오뢰진천공을 받아들였고 그 친구는 합마공을 배웠다. 하여 옥허구광 오뢰합마공이 만들어졌다."

무암 존사는 마침내 마지막에 두었던 홍마노 바둑돌에서 손을 떼었다.

"안타깝게도 나의 바둑은 여기서 끝이구나."

아쉬운 듯 한탄한 무암 존사가 말했다.

"그 돌을 가져가거라. 그러면 내가 가르쳐 줄 수 있는 것은 여기서 끝이다. 혹시나 더 묻고 싶은 게 있느냐?"

"그 친구는…… 살아 계십니까?"

무암 존사는 몸을 일으켰다.

"최근에 들은 소식으로 무림총연맹 귀주 지부에 갇혀 있다고 했다."

"한마디만 더 여쭙겠습니다."

진자강이 잠시 생각하다가 물었다.

"존사께서는 옥허구광 오뢰합마공을 완성시키셨습니까?"

무암 존사가 미소 지었다.

"역시 날카롭구나. 복원이 완전했다면 옥허구광 오뢰합마공이라 부르지 않았겠지. 그냥 합마공이라고 불렀을 거다."

"그렇다면……."

"합마공은 절세의 내공심법이지만 불완전함에 기대기엔 여전히 위험이 컸다. 하나 청성파에는 합마공보다 안전하고 훌륭한 심법들이 많이 있지. 나는 장문인이 되었고 강호의 정세는 흉흉했다. 합마공에 더 매달릴 여유가 없었다. 그러나 그 친구는 아마도 끝을 보았을 것이다. 마지막으로 받은 연락이 바로 그것이었다."

"알겠습니다."

진자강은 일어나서 정중하게 포권의 예를 갖췄다.

"진심으로 감사드립니다."

"끝까지 내가 왜 바둑 기보를 가르쳤는지 그것에 대해서는 묻지 않는구나."

진자강은 진작에 알고 있었다. 이 바둑판의 형세는 초보인 진자강이 이해할 수 없는 고난이도의 접전이었다.

사십 년간 바둑을 두었다는 사람의 얘기. 그것이 바로 무암 존사 본인의 얘기였다.

이 바둑판은 그와 현교의 사람이 함께 나눈 위기지교(圍碁至交)의 흔적이었던 것이다.

"지금은 이르지만 언젠가 이 기보에 담긴 깊은 우의를 이해할 수 있으리라 생각합니다."

"무학에 대한 식견은 얕으나 눈치는 정말로 빠른 녀석이로다. 너는 아마 내 생각보다도 훨씬 오래 살아남겠구나."

무암 존사가 말했다.

"이건 이근호심액에 대한 답례다. 이 봉우리에 올라오기 전이라면 그리 쓸모가 없었겠지만, 이젠 꽤 도움이 될 거다. 복용하기 전에 화지, 적염, 간설, 현백비부, 삼오신수를 외치고 태상노군께 절한 뒤 복용해라."

무암 존사가 진자강에게 아무렇게나 종이에 싸인 환단 하나를 던져 주었다.

"무공 욕심은 많은 놈이 이근호심액은 또 제가 안 먹었고 남을 줬어. 기특하게."

진자강은 종이를 열어 보았다.

'태상노군께 절을 하라 하였으니 아마도 이것은!'

손톱만 한 크기의 환단이 보였다. 범상치 않은 향기와 세 개의 금색 점이 박혀 있다.

청성파의 보물인 태청신단(太淸神丹)!

약문의 일원이었던 진자강이 어찌 태청신단을 모를까!

이 귀하디귀한 영약을 진자강에게 넘겨주다니?

진자강이 놀란 눈으로 무암 존사를 바라보았다.

"놀란 표정이 눈에 선하구나. 보지 않아도 알겠어. 약문 출신이라는 걸 이제야 실감하겠다."

"제가 받아도 되겠습니까?"

"자꾸 잊는 모양이구나. 내가 장문인이라니까."

무암 존사는 피식 웃더니 그 말을 끝으로 손을 흔들며 내려가 버렸다.

진자강은 잠시 손에 든 태청신단을 바라보다가 무릎을 꿇고 경건하게 절을 했다.

"화지, 적염, 간설, 현백비부, 삼오신수, 태상노군의 태청신단을 받자옵니다."

진자강이 천천히 태청신단을 입에 넣었다. 순식간에 침에 녹아서 혓바닥 아래로 스며든다.

곧 향긋한 내음과 함께 몸이 점점 덥혀졌다.

진자강은 수승화강의 원리에 의해 내공을 주천시켰다. 세 개의 둑으로 내공의 길을 넓히고 가두어 둘 수 있는 양을 늘려 최대한으로 태청신단의 기운을 받아들였다.

배 속에서 들끓는 엄청난 기운은 아무리 내공을 주천시켜도 쉽사리 흡수되지 않았다. 그것은 가히 곤륜황석유와도 비할 만했다.

진자강의 우반신에서 땀이 뻘뻘 났다. 태청신단의 약효는 진자강의 다치고 파열된 기혈을 감싸 안으며 우반신의 지저분한 노폐물을 반대쪽으로 쫓아냈다. 배출된 노폐물이 좌반신으로 스멀거리며 흡수되어 갔다.

진자강은 정신없이 무아지경의 속에서 계속해서 주천시켜 우반신에 태청신단의 기운을 녹여냈다. 태청신단은 자연스레 진자강의 하단전으로 향하였으나 진자강의 단전은 용암이 굳은 것처럼 탁기로 가득해져 굳어 버린 상태다. 그 황량한 단전에는 독기 말고는 흡착되지 못한다.

태청신단의 약효가 강제로 단전을 두드렸다. 그런데 태청신단의 기운이 늘어난 만큼 막힌 단전은 더욱 견고해진다. 단전뿐 아니라 좌반신의 탁기들도 더욱 날뛰었다. 좌반신이 조이는 듯 뻑적지근한 감각이 찾아왔다.

좌반신의 전신 기혈이 온몸 탁기를 전부 끌어들여서 태청신단에 대항하고 있는 것이다. 이것이 진자강의 몸 안에서 내공과 탁기가 평형을 이루기 위한 방법이다.

신음이 새어 나오려 했으나 참았다. 입을 열면 이 약효가 모두 날아가 버린다.

태청신단은 더 세게 단전을 몰아붙였다. 그럴수록 단전은 훨씬 더 단단해지기만 했다. 단전이 깨지는 듯한 통증이 진자강을 견디기 힘들게 만들었다.

진자강은 계속해서 우반신에 태청신단의 기운을 돌렸다. 갈 데가 없어진 태청신단의 기운은 진자강이 만들어 놓은 세 개의 둑으로 나뉘어 향하고, 나머지는 세맥으로 퍼져 쌓였다. 세맥이 단전의 역할을 하게 된 것이다.

그렇게 우반신에 태청신단의 기운이 쌓일 때, 좌반신은 호흡과 백회를 통해서 끌어들인 자연의 기를 탁기로 받아

들여서 쌓는다.

우측의 내공과 좌측의 탁기가 동시에 쌓이고 있는 것이다. 물론 태청신단의 막대한 약효는 급한 대로 끌어들이는 탁기로 평형을 이룰 수 있는 수준이 아니다.

음양의 상호소장.

평형을 맞추지 못하면 태청신단의 기운은 소멸될 수 있다. 스스로 소멸하여 좌반신의 탁기와 균형을 이루려 할 것이다.

'안 돼!'

아깝다. 평범한 사람은 물론이고 청성파의 제자들조차 평생에 한 번 구경하기 어렵다는 태청신단을 이대로 소실할 수 없다!

태청신단의 효력은 근 내공 이 갑자에 해당한다. 그 기운을 소실하게 된다는 건 너무 아까운 일이다.

진자강은 온몸에 나는 열 때문에 지끈거리는 머리로 생각했다.

태청신단을 모조리 흡수할 수 있는 방법.

'독기!'

독기는 탁기에 흡착되어 어울린다. 생기와 반대되는 성질이라 탁기에 붙어 탁기가 된다.

진자강은 주천을 마무리하지도 못하고 일어섰다. 막대한 약효 때문에 머리가 혼미해졌지만 정신없이 움직였다. 탁기로 만들 수 있는 것들을 찾아다녔다. 지속적인 주천으로 전신의 감각은 최대로 활성화된 상태.

진자강은 냄새를 맡고, 기감을 유지하며 독기가 가득한 풀과 나무들을 찾아 입에 쑤셔 넣었다. 광물도 가루로 부수거나 흡입할 수 있는 것이면 닥치는 대로 씹어 먹었다.

얼마나 지났을까. 온몸이 불덩이가 되어 앞도 잘 보이지 않았다.

'으윽!'

총명탕의 부작용 덕에 이때에도 혼절하지 않는다는 건 망료에게 감사할 일이었다. 진자강은 몸이 움직일 수 있는 한 최대로 움직여 독기를 흡입했다. 낮과 밤을 가리지 않고, 종류도 가리지 않았다.


마침내 정신을 차렸을 때에 진자강은 음기가 가득한 근처의 골짜기에 있었다. 주변은 온통 난장판이었다. 음지인 나무 아래의 부엽토와 썩은 나뭇잎들을 긁어 먹어서 곳곳이 패어 있었다.

"하아."

진자강은 대자로 누워서 크게 심호흡을 했다.

당연하게도 급히 보충한 탁기로 태청신단의 기운과 평형을 이룰 순 없었다.

하여 진자강은 최후의 순간 태청신단의 여력을 탁기로 바꿔 좌반신으로 옮겼다.

상호전화라는 건 탁기를 내공으로 바꾸는 것뿐 아니라 내공을 탁기로 바꾸는 것도 가능하다는 뜻임을 깨달았다.

하여 어쨌거나 큰 손실 없이 태청신단의 기운을 몸 안에 전부 축적시키는 데에는 성공했다. 그 기운을 당장에 꺼내어 쓸 수는 없다는 것과는 별개로.

진자강은 일어나 앉았다. 태청신단의 남은 기력이 탁기로 변해 기혈을 점유한 탓에 좌반신은 먹먹하기까지 하다. 어딘가 몸이 망가진 것은 아닌데도 좌우의 느낌이 서로 달라 불편했다.

"익숙해지려면 시간이 걸리겠구나."

그러나 좌반신을 차지한 탁기는 언젠가 전부 자신의 힘이 된다. 잠시 맡겨 두었다고 생각하는 것으로 족하다.

더 강해질 수 있고 훨씬 오래 살 수도 있다.


그러자면 무림총연맹에 갇혀 있는 그를 만나야 한다!

# 第三章
## 격동(激動)

절룩.

진자강은 일어나서 첫 걸음을 걷다가 크게 놀랐다.

기혈이 더 심하게 틀어 막힌 좌측과 달리 우측은 기혈이 거의 다 뚫려 버렸다. 기혈의 벽도 단단해졌다. 바둑돌을 깎는 동안 혹사시켜서 누적되었던 피로와 상처가 회복되었다. 세맥마저 두 배로 확장되어서 잠재된 힘이 굉장히 느껴진다.

반대로 좌측은 더욱 기혈의 막힘이 심해져 몸의 불균형은 가속화된 상태였다. 때문에 다리를 절지언정 우측 기혈은 이제 파열과 붕괴의 위험에서 어느 정도는 벗어나게 된 것이다.

단령경이 옥허구광 오뢰합마공을 익히면 광혈천공의 부작용에서 벗어날 수 있다고 말한 이유가 있었다.

진자강은 흔적을 찾아 봉우리로 되돌아간 후 한동안 바둑판을 내려다보았다. 머릿속에 기보를 외웠다. 근 열흘간 한 수 한 수를 힘겹게 두었던 탓에 대부분의 기보는 진자강의 머릿속에 남았다.

무암 존사가 마지막에 둔 돌, 홍마노로 만들어진 바둑돌도 잘 챙겨 두었다.

그러곤 그 위에 있는 나머지 바둑돌을 모조리 치웠다. 그것이 아마도 무암 존사와 그 친구에 대한 예의일 것이다.

아직 무암 존사에게 묻고 싶은 것도 많았고, 또 합마공을 연구하던 중에 어떻게 여의선랑이 관계되었는지도 묻고 싶었다.

그러나 무암 존사는 끝내 말하길 원하지 않았다.

진자강은 마지막으로 냇가에서 몸을 씻고는 드디어 봉우리를 내려갔다.

\*　　　\*　　　\*

제일 먼저 진자강을 발견한 것은 마당에 있던 편복과 운정이었다.

"어?"

"어?"

진자강의 모습을 본 둘의 표정은 얼이 빠진 듯했다.

소소도 곧 달려왔는데 진자강을 보더니 눈이 휘둥그레졌다.

진자강은 왜 그러나 싶어 일단 인사했다.

"걱정을 끼쳤습니다."

편복이 멍하게 대답했다.

"그런 문제가 아닌데?"

"예?"

"왜 이렇게 훤칠해졌어, 사람이?"

눈빛은 맑고 얼굴에서는 광택이 났다.

정말로 많이 달라졌다.

운정이 진자강의 가까이에 오더니 진자강을 뱅뱅 돌면서 훑어보았다.

"어어어어? 진짜 그래요. 이상하다. 뭔가 많이 이상하다."

"왜 그럽니까?"

"예전에는 독룡 도우와 싸우면 질 거란 생각이 별로 안 들었는데 지금은 질 것 같아요!"

편복이 말꼬리를 잡았다.

"그러게 평소에 수련을 하지."

"아니, 그런 문제가 아니구요. 이건……."

편복이 물었다.

"도대체 어딜 다녀온 건가? 청성파에서 당분간 자네가 못 온다고 말은 전해 들었네만."

"바둑 한판 두고 왔습니다."

운정이 놀란 얼굴을 했다.

하지만 운정의 놀람을 해결해 주는 문제보다 진자강에게도 급한 게 있었다.

"하란 소저는 어디에 있습니까?"

이번엔 편복과 소소의 얼굴이 불편해졌다.

호랑이도 제 말 하면 온다더니 당하란이 금세 모습을 드러냈다. 물론 우연이 아니라 진자강을 기다리고 있다가 기감을 느끼고 온 것임에 분명했다.

당하란은 앞치마까지 두르고 팔을 걷어 올린 채였다. 손에 빨랫감을 들고 있는 걸 보니 빨래를 하던 중인 듯했다.

소소는 당하란이 나타나자 진자강에게 꾸벅 고개를 숙여 인사하고는 종종걸음으로 부엌에 갔다.

"소저……?"

당하란은 진자강을 보고 멈춰 서서 채 말을 잇지 못했다.

너무 오랜만에 만난 것처럼 얼굴을 붉히고 있는데 눈시울 마저 붉어져 있었다.

편복과 운정은 어이가 없어 했다. 둘이 소곤거렸다.

"와, 저 냉혈(冷血)이 완전 돌변한 거 봐라."

"어떻게 사람이 저럴 수 있죠?"

당하란이 인상을 확 썼다. 낮고 싸늘한 목소리로 당하란이 말했다.

"다 들립니다."

"헤헤……."

편복과 운정이 슬금슬금 눈치를 보며 도망갔다. 그런데 둘의 옷 엉덩이가 다 해져 있었다. 등짝도 해져서 구멍이 나 있었다.

"왜들 저러는 겁니까?"

진자강이 편복과 운정을 쳐다보자 당하란이 진자강을 잡아끌어 보지 못하게 했다.

"아직 내가 익숙하지 않아서 그랬어. 조금 실수한 걸 가지고 하도 투덜거리기에."

당하란이 여염집 규수가 아닐진대 언제 빨래를 해 보았겠는가.

"그러실 필요 없었을 텐데요."

"당신 옷을…… 빨아 주고 싶어서."

당하란이 진자강을 보더니 풋 하고 웃었다.

"하지만 그럴 필요가 없게 되었네."

진자강이 입고 있는 옷은 거의 넝마가 되어 있었다. 정신 없이 독초를 먹을 때 이곳저곳 다 찢기고 뜯어졌다.

"이럴 줄 알았으면 그동안 빨래가 아니라 바느질을 배울 걸."

"괜찮습니다. 제가 하지요."

"싫어. 내가 해 주고 싶어."

당하란이 말하다가 잠시 생각하더니 덧붙였다.

"물론 나중에. 좀 더 연습하고."

"마음만으로도 고맙습니다."

"진짜 해 줄 거야. 진짜라니까?"

진자강은 당하란을 보며 기분 좋은 웃음을 지었다.

진자강이 당하란과의 미래를 위해 강해지려는 생각을 한 것처럼 당하란도 둘의 미래를 위해 집안일을 배우며 준비하고 있었다.

한 치 앞도 보이지 않던 앞길이었지만 진자강과 당하란은 조금씩이나마 헤쳐 나갈 준비를 차근차근 해 두고 있는 것이다.

"그럼 저도 함께 배우겠습니다."

"정말? 하지만 그러다가 당신이 나보다 잘하게 되면

좀······."

"누구든 잘하는 쪽이 있으면 상관없겠죠."

"독룡. 의외로 가정적. 아니, 어쩌면 의외는 아닌가?"

당하란이 진자강의 눈을 바라보았다.

"처음 만났을 때보다 훨씬 더 잘생겨졌어. 당신 정말 다른 여자에게 빼앗기기 아까워."

"그런 일 없을 거라고 하지 않았습니까."

"나도 내가 이렇게 질투할 거라고는 생각하지 않았어. 그러니까 당신도 너무 장담하지 마."

"알겠습니다."

당하란의 눈썹이 살짝 찡그려졌다. 입술이 삐죽 나왔다.

"으이그, 이 바보."

그런 대답을 원하고 한 말이 아니었기에 약간 삐친 투였지만, 진자강은 그런 당하란도 보기 좋다는 듯 웃었다.

\*　　　\*　　　\*

진자강은 당하란과 함께 조용한 공터로 갔다.

진자강이 탈혼사를 꺼내 들었다. 오른손 손목에 탈혼사를 끼우고 광혈천공을 일으켰다. 세맥에 잠재되어 있던 막대한 내공이 흘러나왔다.

들썩!

진자강의 몸이 크게 한 차례 진동했다.

딸깍.

탈혼사의 고리가 분리되었다. 진자강은 실로 연결된 고리를 왼쪽 손으로 잡았다.

옆의 나무를 한차례 밟고 올라가 나뭇가지에 탈혼사를 감으며 뛰어내렸다. 탈혼사에 내공을 불어 넣자 나뭇가지가 순식간에 잘려서 떨어졌다.

진자강은 옆의 나무를 밟고 똑같이 나뭇가지를 자르며 몇 번이나 회전을 하며 뛰어내렸다. 이번엔 나뭇가지뿐 아니라 본 나무의 기둥이 세 조각으로 나뉘며 함께 잘렸다.

"간다!"

당하란이 손에 바늘 하나를 들고 있다가, 진자강을 향해 던졌다.

진자강은 내공을 극대로 끌어 올렸다.

탈혼사를 좌우로 힘껏 당겨서 팽팽하게 만들었다. 실이 **빳빳**하게 굳어졌다.

사악.

당하란이 던진 바늘은 탈혼사의 실에 정확하게 가로막혔다. 가로막힌 걸 넘어서서 바늘이 반으로 잘려서 튕겨 났다.

당하란이 세 개의 바늘을 던졌다. 진자강은 탈혼사의 실로 바늘을 전부 튕겨 냈다.

"이번엔 섬절이야! 오 성의 내력을 담을 거니까 조심해!"

당하란도 내공을 일으키며 바늘을 던졌다. 바늘은 당하란의 손에서 떠난 순간 사라졌다.

진자강이 눈을 부릅떴다.

카앙!

진자강이 눈앞으로 내민 탈혼사의 고리에 바늘이 맞고 튕겨졌다.

당하란이 손을 거두고 칭찬했다.

"당신, 확실히 강해졌어. 아무리 정면에서였다고는 해도 섬절을 막아 낼 줄은 몰랐어."

내공을 십할 사용하여 사용한 섬절이 아니라도 예전의 진자강이었다면 막을 수 있는 수준이 아니다.

당하란이 망설이다가 말했다.

"가르쳐 줄까? 섬절."

진자강은 탈혼사를 조립하여 고리를 원래대로 밀어 넣으며 대답했다.

"가문의 법규에 어긋나는 일이 아닙니까?"

"어차피 가문 사람도 아닌걸, 이젠. 게다가……."

당하란이 진자강에게 바늘 몇 개를 던져 주었다.

"전력을 다해서 당신이 가장 자신 있는 암기술을 사용해 봐. 그러면 내 말의 뜻을 알게 될 거야."

진자강은 바늘을 쥐었다.

내공을 끌어 올린 후 바늘에 내공을 일부 담고, 허리에서 어깨, 팔에 이르는 기혈에 폭발적으로 내공을 일으켰다.

비선십이지!

진자강의 손에서 떠난 바늘이 열두 번의 변화를 일으키며 날아갔다. 그런데 돌연 열세 번째의 변화를 일으키려다가 갑자기 허공에서 깨져 버렸다. 바늘이 조각조각 나서 흩어졌다.

다시 한번 바늘을 쥔 진자강이 호흡을 멈추고, 아까보다 힘을 더 줄여서 던져 보았다.

바늘은 나풀거리는 나비처럼 궤적을 알 수 없게 열두 번을 흔들리다가 나무에 날아가 박혔다.

"당신은 예전보다 훨씬 강해졌어. 약문의 무공으로는 당신의 힘을 전부 담을 수 없어."

당하란의 말처럼 진자강은 아쉬움을 느꼈다.

비선십이지는 좋은 암기술이다.

그러나 진자강이 내공 일 갑자보다도 훨씬 더 큰 힘을 쓸 수 있게 되면서 순식간에 한계에 도달하고 말았다. 진자강이 전력을 다하려 해도 무공이 받쳐 주지 못한다.

이것이 약문 무공의 한계다.

운남의 무림이 강호에서 다소 변방의 시골 취급을 당하는 것처럼, 운남의 약문도 무공으로는 아무래도 어렵다.

"배워. 가르쳐 줄게. 그리고 완전히 당신의 것으로 만들어서 새로이 발전시켜. 그러면 그건 약문의 것이야."

진자강은 오래 고민했지만 결국 수긍할 수밖에 없었다.

"그렇게 하겠습니다."

*　　*　　*

"크윽! 크으윽!"

망료는 어두운 동굴에서 가슴을 쥐어뜯었다. 이미 옷은 다 찢겨 나가 거의 가릴 것이 남아 있지 않은 정도며, 몸은 손톱에 다 긁혀서 살이 까지고 피가 흐르는 중이다.

그 옆 바닥에는 토해 놓은 핏덩이도 여럿이었다.

"으으……."

산발이 되어 초췌해진 눈으로 망료가 신음을 흘렸다.

며칠이나 계속되는 고통.

망료는 겨우겨우 움직여 준비한 약들을 꺼내 씹었다. 낫진 않는다. 통증을 조금 줄여 줄 뿐이다.

그나마 주기적으로 찾아오기에 남에게 보이지 않고 대비

할 수 있는 것. 불시에 찾아오는 게 아니라는 게 천만다행일 정도로 끔찍한 고통.

이것은 오로지 부작용이다.

강해지기 위해 선택한 광혈천공의 부작용이며, 광혈천공의 심각한 부작용을 상성이 어울리지도 않는 여러 영약의 힘을 빌려 억지로 누른 탓에 생겨난 또 다른 부작용.

망료는 결코 천수를 누릴 수 없을 것이다. 솔직히 자신의 명이 얼마나 남았는지도 알 수 없다. 오 년? 십 년? 영약을 물 마시듯 먹어 대면 그 정도는 더 버틸 수도 있을 듯하다.

억울한가?

아니. 망료는 억울하지 않았다.

스스로 선택한 일이기에 후회는 없었다. 또한 이제는 자신이 준비했던 일의 최고 정점에 도달하기 직전이었다.

이런 중요한 순간에는 이 엄청난 고통조차 쾌감이었다. 실제로 망료는 흥분에 몸을 떨기까지 했다. 잠시간 쾌감까지 맛보았다.

다 틀어지나 싶었던 일들이 한순간에 제자리를 찾았다.

진자강은 당하란과 눈이 맞아 당가를 달아났고 당가와 제갈가는 진자강을 쫓기로 하였으며, 사파와 청성파의 관계가 이상하다는 소문도 잘 먹혀들었다.

게다가 심학에게 백리중과 해월 진인의 관계가 좋지 않

다는 것마저 알아내었다.

"하늘이…… 하늘이 날 돕는다. 흐흐흐흐."

망료는 돌바닥을 손톱으로 긁으며 이를 갈았다.

"이제 드디어……."

동굴 밖 멀리에 무림총연맹을 이루는 장원과 전각들이 보였다.

"드디어……! 크아아악!"

망료는 비명을 지르며 몸부림을 쳤다.

눈코입 귀의 칠공에서 피를 줄줄 흘리며 일그러진 그의 얼굴은 묘하게도 웃고 있는 듯 보였다.


망료는 무림총연맹의 총본산 앞에 드디어 도착했다.

말끔하게 차려입고 수염도 다듬었다. 뻗친 머리도 잘 묶어 올렸다.

등에 행낭을 짊어진 채 지팡이를 짚으며 걸었다.

뚜걱, 뚜걱.

키 높이의 몇 배나 되는 무림총연맹의 장대한 철문 앞에 서니 새삼 감회가 새롭다.

마침내 이곳까지 오고 말았다.

현재 강호 무림을 아우르는 가장 큰 인물을 만나기 위해.

"어떤 놈이든 오늘 운명이 결판나는 날이구만?"

망료는 웃으면서 자리에 섰다.

활짝 열린 철문 앞에서 기다리고 있으니 안에서 무림맹의 무사가 나왔다. 망료는 제독부 소속임을 밝히는 목패와 심학이 써 준 소개서를 함께 무사에게 건넸다.

철문 안쪽의 객방에서 잠시 기다리던 망료에게 맹주를 보조하는 군사들 중 한 명이 마중 나왔다. 마흔 정도 되는 나이의 점잖은 학사였다.

"군사 이숙이오. 따라오시오."

무림총연맹의 안쪽으로 들어가자, 전 중원의 문파에서 파견 나온 남녀노소의 무인들이 곳곳에서 보였다.

특히나 젊은 후기지수들이 많이 보였다. 일부는 즐겁게 담소를 나누고, 일부는 격한 토론을 하며, 일부는 가벼운 비무를 했다. 또 일부는 업무 때문에 바삐 걸음을 옮기는 이들도 있었다.

몇 명의 젊은 무인들로 이루어진 조가 임무를 위해 무림총연맹을 빠져나가는 모습도 보였다. 절도가 있고 무공도 높아 보였다. 명문 정파의 제자들인 듯 유독 기도가 뛰어난 이들도 간간이 눈에 띄었다.

"아아."

망료는 잠시 길을 멈추고 감탄했다.

"하나같이 선남선녀들이구려. 남자들은 풍채가 헌앙하

고 여자들은 아리따우니 그야말로 무림총연맹의 미래가 밝겠소."

군사 이숙은 대답도 없이 잠시 걸음을 멈추고 망료를 기다려 주었다.

망료가 사과했다.

"아아, 미안하오. 잠시 감흥에 젖었소이다."

"갑시다."

하지만 망료는 가는 내내 몇 번이나 걸음을 멈추며 감탄을 계속 내뱉었다.

"저 전각은 무엇이오?"

"저기 저 친구는 굉장히 눈매가 매섭구려. 어디의 제자요?"

"허어, 편액의 글씨가 꽤나 그럴듯하구려. 누구의 솜씨요?"

한두 번이야 그럴 수 있으나 자꾸만 걷다 멈추고, 걷다 멈추고 하여 지체되니 이숙의 인상이 구겨지기 시작했다.

"거 적당히 좀 하시오. 놀러 온 게 아니지 않소이까."

"미안하오. 본산에는 처음이라…… 사실 나는 어렸을 때부터 무림의 맹에 대한 환상이 있었다오. 나도 언젠가는 저 후기지수들의 사이에서 함께 강호를 활보할 줄 알았소이다."

"망 고문!"

"아차차, 나도 모르게 그만. 알았소. 이제 멈추지 않을 테니 어서 앞으로 쭉 가시오."

"끄응."

한동안 잠잠하던 망료가 다시 말을 붙였다.

"이숙 군사 같은 분은 어려서부터 수재였을 테니 무림총연맹에 들어오기가 아주 수월했겠구려?"

"그렇진 않았소. 본래는 중앙 관직을 꿈꾸고 있었으나 중앙에 끈이 없어 낙방하고 나서 이쪽으로 오게 됐소."

"허어. 그랬소이까? 이거 참…… 언제나 돈 없고 배경 없는 우리 같은 자들은 늘 삶이 고달프지요."

"알아줘 고맙소. 그럼 맹주님께 닦달당해서 그나마 고달픈 삶이 더 고달파지기 전에 어서 가십시다."

"허허허, 그렇구려. 서로 돕고 살아야지. 내 폐를 끼치지 않으리다. 아…… 그런데 참, 미안하게 됐소."

망료가 얼굴을 찌푸리며 말했다.

"뒷간을 좀……."

이숙의 얼굴이 붉으락푸르락해졌다. 무인들은 대부분 생리 현상을 조절할 줄 안다.

"거참! 제독부의 고문씩이나 되는 분이 무슨 추태시오."

"이해해 주시오. 강호 무림에서 가장 높은 분을 뵈려고

하니 나도 모르게 긴장이 되어. 허허허. 실수로라도 구린내
를 풍기면 안 되지 않겠소?"

이숙은 짜증스러운 얼굴이었다.

"좀 참으시오."

"알았소이다."

망료는 찝찝한 투로 배를 만지며 이숙을 따라갔다. 벌써
시간이 한참이나 지난지라 이숙은 일부러 빨리 걸었다.

일다경 정도를 더 걸어서 한 채의 장원에 도착했다. 정원
까지 안내한 이숙이 말했다.

"다 왔소. 안에서 기다리고 계실 거요."

"같이 안 들어가시오?"

"내 할 일은 여기까지요."

망료는 주변을 두리번거렸다. 전각 앞에는 그 흔한 호위
무사 한 명도 없었다. 가끔 시중을 들 시비나 하인들 정도
만 돌아다니고 있었다.

"그런데 맹주님을 만나 뵈러 가는데 몸수색이라던가 뭐
그런 것도 안 하나 보오?"

이숙이 픽 웃었다.

"무림삼존의 일존(一尊)을 만나는데 말이오? 일사이불삼
도이왕(一師二佛三道二王)쯤 되는 분들이나 오면 모르겠소
이다."

일사이불삼도이왕.

현 강호 무림의 최고 고수 여덟 명을 일컫는 말.

염왕 당청도 이왕 중의 한 명에 속한다.

무림삼존이 일사이불삼도이왕에과 별개로 치부되는 것은 그들이 무림을 삼분하는 정파와 사파, 마도. 세 세력의 수장이기 때문이다. 존경을 뜻하는 의미에서도 무공으로 나누는 것에 의미를 두지 않는 것이다.

하나 해월 진인은 무림삼존의 일존이 되기 이전에도 삼도(三道) 중의 한자리를 차지하고 있었다. 무림맹주가 된 후에는 삼도의 자리를 무당파의 고수가 물려받았을 뿐이다.

그러니까 막말로 망료 같은 자가 몸수색이니 운운하는 것이 우습다는 말이다. 망료 따위에게 겁을 먹고 몸수색을 할 리가 있느냐는 뜻이다.

"기분은 나쁘지만 사실이구려."

"나는 귀하가 기분이 나쁘다는 게 더 놀랍소이다. 이제 어서 올라가 보시오. 나는……."

"그럼 이것 좀 맡아 주시오."

망료는 막 떠나려는 이숙을 붙들었다. 짊어지고 있던 행낭을 벗어서 강제로 맡겼다.

"집에 돌아갈 때 먹으려고 싸 둔 간식과 육포요."

이숙이 기가 막혀 했다.

"아니, 이보시오. 내가 이런 거나 맡아 주는 사람인 줄 아시오?"

"무사라도 있으면 맡겨 두려 했는데 하인들밖에 보이지 않아서 그렇소. 부탁 좀 합시다. 여비로 쓸 은자도 들어 있는데 천한 것들에게 맡겨 두었다가 잃어버리면 그야말로 무림총연맹의 얼굴에 먹칠을 하는 꼴이 아니겠소?"

망료는 어이가 없어 하는 이숙에게 고개를 끄덕여 보였다.

"잘 좀 부탁하외다. 그리고 안에 귀한 술이 한 병 있으니 혹시 목이 마르거든 한 모금만 드시오. 내가 아주 어렵게 구한 귀한 술이니까 딱 한 모금만 마시고 절대로 더 마시지 마시오. 심심하면 간식 정도는 꺼내 드셔도 되오이다."

"허어……."

이숙은 거절하고 싶었다. 그러나 거절하면 맡아 줄 때까지 안에 들어가지 않을 기세다. 여기까지 오는 동안 너무 시간이 지체된 탓에 이숙은 짜증을 내면서도 받아 줄 수밖에 없었다.

"알았소. 알았으니까 올라가시오. 에이, 거 사람 참."

"고맙소. 옷자락만 스쳐도 인연이라는데, 이것도 인연 아니겠소? 나도 중앙에 끈 한번 만들어 봅시다. 내 나오면

술 한잔 살 테니 꼭 기다리시오."

"됐으니까 가시오."

이숙은 행낭을 들고 전각의 정자에 앉았다.

망료는 이숙에게 씨익 크게 웃어 보이며 안채로 들어갔다.

뚜걱뚜걱.

\*　　　\*　　　\*

안채의 방 안에 해월 진인이 앉아 있었다.

망료는 공손하게 포권했다.

"무림총연맹의 주인을 뵙겠습니다."

작은 몸집의 해월 진인이 한 손을 들어 오라고 손짓했다. 마치 오래된 사이인 듯 친근한 태도로 불렀다.

"어이쿠, 주인은 무슨. 할 사람이 없어서 대신 잠깐 맡아 두고 있는 거지. 어서 오게나. 오느라고 고생 많았지?"

"아닙니다. 만나 뵐 생각을 하느라 고생스러운 줄도 모르고 왔습니다."

"그런데 왜 늦장을 부렸어?"

"예?"

망료가 적이 뜨끔하여 되물었다.

해월 진인의 눈을 살폈으나 길게 자란 눈썹과 주름살 때문에 눈빛도 제대로 보이지 않았다.

하지만 이내 해월 진인이 주름 가득한 얼굴로 웃었다.

"내가 자네를 얼마나 보고 싶어했는데 왜 이제 왔느냐 이 말이야."

"허허허, 송구합니다. 지병이 있어서 나이가 드니 몸이 예전 같지가 않습니다."

"쯧쯧. 나보다 한참이나 어린 사람이 말이야. 그러니까 맛있다고 아무거나 주워 먹으면 안 돼. 나이 들어 고생해."

한 마디 한 마디가 비수처럼 폐부를 찌르는 말이다.

망료의 몸 상태를 알고 하는 말인지 아닌지, 도무지 종잡을 수가 없었다.

이대로는 말에 휘둘릴 수 있다.

망료가 말을 돌렸다.

"한데 저를 보자고 하신 것은……."

"내가 보자고 했던가? 나는 자네가 날 보고 싶어 하는 줄 알았지?"

망료가 모호하게 대답했다.

"허허, 물론입니다. 맹주님이야 늘 뵙고 싶었지요."

"그랬어? 가만있자. 그럼 내가 왜 자네를 불렀는지 생각해 내야 하잖아."

해월 진인은 가부좌를 틀고 앉은 채로 좌우로 몸을 흔들었다.

그러다가 겨우 생각이 난 듯 말했다.

"맞아. 백리중이가 재밌다고 해서였어. 자기 마누라 팔을 잘라 보내고 아들까지 건드려서 아주 골이 많이 나 있더라고?"

해월 진인이 나이 든 노인 특유의 목소리로 웃었다.

"흘흘흘. 맞아맞아. 그래서 자네에게 관심이 갔어. 도대체 어디서 들도 보도 못한 놈이 나타나서 천하의 백리중이를 가지고 노는가 싶어서."

"가지고 논다는 말씀은 과합니다."

"백리중이는 좀 혼나 봐야 해. 그동안 너무 승승장구해서 실패도 하고 쓴맛도 좀 봐야 해. 사람은 그래야 큰 인물이 돼. 그래서 내가 마누라 팔을 소금에 절여 다시 보내 줬지."

"허허……."

망료는 어떻게 맞장구를 칠까 고민하다가 그냥 웃음으로 맞받았다.

"정신이 좀 들었는지 폐관 수련에 들어갔다 하더라고? 진작 정신을 차렸으면 좀 좋아. 괜히 바람만 들어서."

"바람이 들어요?"

"몰라? 그놈 맹주 하고 싶어 하잖아."

"허허허."

망료가 웃다가 말을 툭 던지듯 내뱉으며 물었다.

"잠시 맡아 두고 계신다는 게 그럼 검각주를 점찍어 두신 때문이었습니까?"

해월 진인이 좋아했다.

"이야…… 자네 사람 떠보는 게 보통이 아닌데? 좋구만. 아주 좋아."

망료는 기다렸다. 섣불리 말을 할 필요가 없었다.

해월 진인이 헤벌쭉 웃었다.

"많은 놈들이 내가 이 자리에서 물러나길 바라고 있지. 근데 말야. 놈들이 모르는 게 있다네. 그게 뭔 줄 아나?"

"흠…… 미미한 두뇌로나마 감히 짐작하여 말씀드려 보자면 자격을 말씀하시는 것입니까?"

"허어, 놀랍네. 자네도 한번 후계자로 나서 보겠나? 내 키워 줄 수도 있는데."

뜬금없는 말에 망료는 고개를 저었다.

"이 몸뚱이로 어디 되겠습니까? 나이도 많이 찼고 말입니다."

"맹주가 어디 싸움질하라고 있는 자리던가? 아냐. 자리를 만드는 자리이지. 그것만 잘해도 욕은 안 들어 먹을 수 있어."

"자리요? 자리를 만든단 말씀입니까?"

"그렇지."

해월 진인이 옆에 있는 다구가 담긴 쟁반을 끌어 앞으로 놓았다. 그러곤 찻잎을 덜어 놓으며 말을 계속했다.

"대개 높은 자리에 오르고자 하는 목표가 있다면 명심해야 돼. 자기가 있는 자리의 힘을 이용하여 최대한의 자리를 만들 것. 그게 가장 중요해."

사악, 사악.

"무슨 자리가 있느냐 하면?"

찻잎을 담고 물을 따라 솔로 저으면서 말을 이었다.

"자기를 따르는 놈들이 먹고살 자리, 반대만 일삼는 놈들이 딴생각하지 못하도록 바쁘게 일할 자리, 멀리 있는 인재들이 앞다퉈서 자신의 밑으로 올 만큼 탐나는 자리, 자기 사람만 채우면 보기 좋지 않으니 제법 사람 쓰는 일이 공평하다 평가를 들을 정도의 쓸모없는 자리……."

해월 진인이 웃으며 말했다.

"그런 자리를 쉬지 않고 만들어 내야 남들이 맹주가 일을 잘한다…… 하면서 따르는 게야. 떡고물이 떨어지려고 해도 뭐가 있어야 떨어지지. 안 그런가?"

망료가 물었다.

"하지만 개중엔 떡고물로 만족하지 못하고 떡을 집어 먹으려는 놈들도 있지 않겠습니까?"

"아주 정확해. 그래서 관리를 좀 하긴 해야 해. 긴장감이 풀어졌다 싶으면 때때로 자기들끼리 자리싸움할 만큼 자리를 줄이기도 하고, 반면에 밑에 있는 놈들이 희망을 갖고 비집고 올라올 수 있다 생각할 만큼 여유롭게 자리도 남겨야 하고. 그럼 자기 자리를 지키는 데 바빠 떡을 노릴 틈이 없어지지. 그러니까 없는 자리도 만들어 내고, 있는 자리도 없애는 게 맹주가 할 일이야."

맹주의 일이 자리를 만드는 거라니.

그야말로 새로운 관점이 아닌가!

별 관심은 없지만, 그래도 망료는 진심으로 감탄했다.

"맹주님의 깊은 혜안에 오늘 크게 머리가 맑아지는 것 같습니다. 하지만 아무래도 제게는 어울리지 않는 자리인 것 같습니다. 너무 어렵습니다. 허허."

"아아, 내가 너무 겁을 줬나? 이왕 나온 김에 마저 말을 하지."

해월 진인이 은근한 목소리로 물었다.

"그래서 맹주가 가져야 할 가장 중요한 일이 무엇인 줄 아는가?"

"감히 말씀드리기가 어렵습니다. 세이경청하겠습니다."

해월 진인이 검지를 들며 말했다.

"바로 사람 쓰는 일이라네. 적절한 자리에 적절한 사람을 채워 넣는 것. 맹주는 사람 보는 눈이 있어야 해. 그 사람의 숨은 능력까지 볼 줄 알아야 제대로 사람을 쓸 수 있지."

망료도 공감했다.

자리에 맞는 사람을 배치하는 것. 그것은 어떤 조직에서든 가장 중요한 일 중 하나였다.

"그러니까 내 자네를 좀 살펴봐야겠어. 이왕 여기까지 불렀으니 쓸 만하다 싶으면 없는 자리라도 만들어서 넣어 주려고."

묘한 제안이었다.

망료는 이제껏 백리중과 함께 일을 해 왔다. 그런데 해월 진인이 자기의 마음에 들면 자리를 만들어 주겠다는 게 어떤 의미이겠는가.

"어때? 생각이 있나? 아무래도 불편하다 싶으면 거절해도 돼. 아무런 불이익도 없을 게야."

이 제안을 받아들이면 백리중의 품에서 떠나야 한다. 해월 진인의 사람이 되어야 한다.

그렇다면 해월 진인이 원하는 것은…….

'백리중의 견제? 나를 이용해서 백리중을 견제하고 싶은 건가?'

조금 전 해월 진인이 말한 바 있다. 긴장감이 풀어졌을 때 자리싸움을 시킨다고.

하지만 그러면 이미 여러 번 백리중의 뒤통수를 친 망료를 백리중이 가만히 내버려 두겠는가?

"허어……."

망료는 곤란한 투로 침음성을 냈다.

어쨌거나 해월 진인이 패를 드러냈으니, 망료가 답을 해야 한다.

"아주……."

망료가 천천히 대답했다.

"아주 어려운 일인 것 같습니다? 목이 열 개라도 남아나지 않을 것 같습니다만."

해월 진인의 미소가 짙어졌다.

"내가 그래서 자네를 선택한 거야! 어떤 상황에서도 잘 살아남는 그 끈질김과 본능적인 생존력에 반해서!"

해월 진인과 백리중의 사이.

날카로운 손톱을 가진 용과 예리한 이빨을 가진 호랑이의 사이에서 대놓고 줄타기를 하라고?

'클클클.'

조금만 삐끗해도 망료는 이 세상 사람이 아니다.

"저를 너무 대단하게 보신 것 같습니다. 그럴 만한 주제는 되지 못합니다."

"그건 내가 판단하는 거고. 의향부터 묻고 싶군. 어떤가? 시도해 볼 생각은 있나?"

망료가 잠시 생각하다가 물었다.

"무엇을 주시렵니까?"

"일단 보자고. 어느 정도까지 할 수 있는지. 그래야 거래가 되지."

"하면…… 미흡한 재주나마."

아마도 능력을 보기 위해서 간단한 시험을 치르려 할 것이다. 어차피 망료는 시험에 관심이 없으므로 얘기나 들을 생각이었다.

하지만 해월 진인의 행동은 망료의 생각과 전혀 달랐다.

"그럼 보겠네."

"예?"

해월 진인이 눈썹 때문에 눈이 가려지자 턱을 들어 망료를 보았다.

"어디 보자."

그러나 처진 눈꺼풀 때문에 여전히 잘 보이지 않자 아예 손가락으로 오른쪽 눈꺼풀을 들어 올렸다.

그때만 해도 조금 묘한 광경이다 싶었는데…….

적당히 멈추는 게 아니라 눈꺼풀을 계속해서 밀어 올린다.

눈썹이 한껏 치켜 올라가서 이마의 주름살이 몇 겹이나 밀릴 정도였다.

그리고 드러난 커다란 눈.

사람의 것이라고 생각하기 어려울 정도의 커다란 눈이었다.

호랑이의 것보다도 더 컸다.

갓난아이의 주먹만 했다.

그런데 그 커다란 눈동자에 비해 동공은 일반 사람과 같아서, 흰자위가 눈의 구 할을 차지하고 있었다.

실로 괴이하기 짝이 없었다.

게다가 흰자위는 하얗거나 빨간 핏줄이 보이는 게 아니라 맑은 채로 황금빛의 누런 기운이 감돌고 있다.

황금공주(黃金琪珠)!

황금으로 만든 큰 구슬이란 뜻으로 도문의 옛이야기에서 흘러나온 말이다.


마귀들이 천존의 사자후에 대경하여 고개를 드니, 황금공주 같은 두 개의 눈이 빛나고 있었느니라.


도대체 얼마나 내공이 심후하고 충천하면 정기가 외부로 드러날 정도란 말인가?

"왜? 놀랐나?"

해월 진인이 재밌다는 듯이 망료를 놀렸다.

"이 눈은 평범한 눈이 아냐. 사람을 꿰뚫어 보는 눈이지."

해월 진인은 오른쪽 눈꺼풀을 밀어 올린 채 망료의 얼굴에 자신의 눈을 가까이 가져다 댔다. 눈알이 거의 다 드러나서 굴러떨어질 것 같은 눈동자가 누런빛을 머금고 상하좌우로 움직이며 망료를 훑어보았다.

망료는 인상을 썼다.

강호에 기인이사가 많다지만 이건 또 무슨 기행이란 말인가!

또륵또륵 눈알이 굴러가는 소리가 들리는 듯했다. 이것은 사람의 눈이 아니라 눈알에 눈동자가 박혀 있는 듯해 보였다.

"자, 이제 다시 한번 말해 봐. 내 제안을 어떻게 생각한다고?"

굉장한 위압.

바로 코앞에서 굴러가는 거대한 눈알이 이토록 위압적인줄 망료도 알지 못했다. 정수리에 땀이 맺히기 시작했다. 내공을 돌려서 땀을 흡수해 버릴 수도 있고, 머리를 차갑게 만들 수도 있고 모공을 막아 땀이 더 흘러나오지 않게 할 수도 있다.

그러나 그 어떤 것을 하더라도 이렇게 가까이에서 해월 진인의 기감을 피할 수는 없을 것 같았다. 망료는 그냥 땀이 맺히도록 내버려 둘 수밖에 없었다.

해월 진인의 표정을 보고 싶으나 망료에게 보이는 건 해월 진인의 눈알뿐이다.

"이 눈은 이놈이 거짓말을 하는가, 진실을 말하는가. 그런 일차적인 문제를 뛰어넘어서…… 무슨 속셈을 갖고 있는가도 꿰뚫어 보지."

"그…… 렇다면 제 마음이 진심임을 아시겠군요."

떼구르륵.

섬뜩한 눈알이 다시 움직였다.

"아닐세. 아니야. 그게 그리 쉬운 게 아냐. 핵심을 꿰뚫어 보려면 그자에게서 가장 취약한 부분을 찾아야 해. 금종조의 약점에 조문이 있는 것처럼, 속내를 감추지 못하는 부분이 있지."

"그렇습니까?"

"흐음. 자네는 다른 사람과 달리 조금 이상한 부분이 있네. 왜일까? 왜 내 눈에 자네의 거짓말이 드러날 조문이 보이지 않는 걸까."

떼구르르, 떼구르르.

눈알이 쉴 새 없이 움직였다. 망료의 주름과 솜털 하나의 움직임이라도 놓치지 않겠다는 듯.

망료는 태어나서 처음으로, 아니 진자강에게 눈알을 잃은 후에 처음으로 한쪽 눈만 드러나 있는 게 다행이라고 생각했다. 양 눈이 멀쩡했다면 도저히 감정을 숨길 수가 없었을 테니 말이다.

그런데.

또륵!

갑자기 해월 진인의 눈알이 움직임을 멈추었다.

"찾았다!"

해월 진인이 눈알을 올리고 있지 않은 반대쪽 손으로 망료의 왼쪽 눈을 가린 안대를 집어서 들어 올렸다.

막이 씌인 것처럼 허옇게 탈색되어 버린 망료의 왼눈이 고스란히 드러났다.

"요기 숨어 있었구나?"

망료는 등줄기에 소름이 돋았다.

해월 진인이 낄낄대며 자신의 눈으로 망료의 비어 버린 눈을 헤집듯이 응시하고 있었다.

"한 십 년은 된 듯 보이는 상처로구먼?"

"그렇습니다……."

"대개 사람은 자신에게 필요 없어진 부위는 신경 쓰지

않고 방치하기 마련이지. 그러면 그것들은 기능하지 않고 달랑달랑 붙어만 있을 것 같잖아? 사실은 안 그래."

해월 진인의 눈알이 더 이상 구르지 않고 망료의 눈을 똑바로 주시했다.

"그것들도 피를 먹고 내 몸에 붙어 있는 놈들이야. 이미 신경이 절단되어 감각과 기능을 잃었대도 본능은 남아 있지. 그래서 무슨 일이 벌어지느냐면 말이야……."

돌연 해월 진인이 왼손으로 망료의 양쪽 눈가를 연속으로 쳤다. 오른쪽, 그리고 왼쪽을.

주르륵.

눈물샘이 터지며 망료의 양쪽 눈에서 눈물이 났다. 그러나 오른쪽을 먼저 쳤는데도 눈물은 멀쩡한 오른쪽이 더 늦게 나왔다.

해월 진인이 웃었다.

"느꼈을 거야. 멀쩡한 눈에서 눈물이 더 늦게 떨어진 것을. 자네의 오른쪽 눈은 내가 눈물샘을 건드린 것을 알고 무의식적으로 눈물을 흘리지 않으려고 참았지. 멀쩡한 하나의 눈으로 내가 이후에 무슨 행동을 하는지 봐야 하니까. 하지만 멀어 버린 왼쪽 눈은 '보는 행위'를 할 필요가 없기에 자연 그대로, 자네의 관심에서 벗어난 채로 의식이 미치지 않고 고스란히 눈물을 흘렸다네."

해월 진인은 눈물을 소매로 닦는 망료를 보며 말을 이었다.

"즉, 십 년 동안 방치한 탓에 자네의 왼쪽 눈은 자네의 의지에 상관없이 내게 진실만을 말하게 될 것일세."

망료는 호흡을 가다듬었다.

세상에 이런 자가 존재할 줄이야.

염왕 당청을 만났을 때에도, 아미파의 신니를 만났을 때에도.

시대를 풍미하는 자들에게는 그들만의 세계가 있는 법인가?

주르륵.

관자놀이를 타고 뺨으로 땀이 흘러내렸다.

"긴장하지 말게. 힘 뺄 필요 없어. 어차피 자네가 무슨 생각을 하든, 자네는 내게 진실만을 보이게 될 테니까."

"저는 이미 진실만을 말씀드리고 있습니다."

"그거야 보면 알지. 자, 그럼 다시 시작해 볼까? 나를 찾아온 이유가 뭐지?"

또르륵, 또르륵, 또르르륵!

해월 진인의 눈알이 미친 듯이 좌우로 움직이며 망료의 뿌예진 왼쪽 눈을 살피기 시작했다.

망료는 이를 꽉 깨물고 감정의 동요를 드러내지 않으려

애썼지만 소용없었다.

해월 진인은 아흔이 넘은 나이인데도 아이처럼 하얗고 건강한 이를 드러내고 웃었다.

"저런…… 겁을 먹었군? 내가 무섭나? 낄낄낄."

"황금공주를 앞에 두고 겁을 먹지 말라는 것도 이상한 얘기 아닙니까?"

"황금공주를 아는군! 그러면 얘기가 쉬워지지. 자, 대답을 해 보게."

"기회를 주신다면…… 견마(犬馬)의 노력을 다하겠습니다."

"아까 뭘 줄 수 있느냐고 했지? 청령사(聽令師) 같은 건 어때."

빌어먹을 도사 놈!

망료는 속으로 이를 갈았다. 황금공주를 대놓고 부라리면서 거래를 하자는 것인가?

청령사는 무림총연맹의 총본산과 각 지역의 지부를 연결하는 가교 역할을 한다.

청령사는 지부와 지부의 책임자에 대한 평가를 총본산에 보고하고, 총본산에서는 지부에 배정되는 재정과 인사 행정에 그것을 반영한다.

때문에 총본산에서는 몰라도 지역 지부장들에겐 청령사의 권위가 절대적이라고 할 수 있었다.

대외적인 임무에 대한 실권은 전혀 없지만 내부적으로는 굉장한 권력을 가진 자리. 백리중을 견제하기에 가장 좋은 자리이며 뒷구멍으로 뇌물도 짭짤하게 들어올 수 있는 자리다.

'간교한 교언(巧言)이군. 하지만 난 관심이 없다고, 이 늙은 너구리야.'

망료는 최대한 표정을 드러내지 않고 대답했다.

"좋은 자리군요. 본단을 오가는 도중에 습격당해서 목이 날아가지만 않으면 오래오래 해 먹을 수 있을 것 같습니다."

"당연히 그에 걸맞게 무공도 손봐 주어야지."

그런데 거기에 해월 진인이 한마디를 더 덧붙였다.

"거기에 더해서 영천대(英天隊)도 얹어 주지."

"허허. 그건 십 대, 이십 대의 후기지수들만 들어가는 데가 아닙……."

그러나 말을 하는 순간 망료는 깨달았다.

영천대는 순수하게 청년 무인들로만 채워진 자리.

그렇다면 영천대의 자리는 망료를 위한 것이 아니다?

또르르륵, 뚝.

눈알의 움직임이 멈추었다.

해월 진인이 망료의 생각을 읽었다.

"그렇지. 그러니까 자네는 청령사야. 영천대는 자네가 딴 놈에게 마음대로 줄 수 있는 자리야."

하지만 하마터면 망료는 그렇게 하겠다고 대답할 뻔했다. 그만큼 매력적인 제안이었다.

영천대는 중소 문파 후기지수들의 모임이다.

제법 흥분되기 그지없었다. 진자강이 영천대의 후기지수들과 어울리며 강호를 질타하는 모습이 절로 그려지지 않는가!

남들 위에 군림하기 위한 발판으로는 나쁘지 않았다.

'오늘은 포기할까?'

망료는 굉장히 고민스러웠다.

그러나 이대로 대번에 수락할 수는 없었다. 어디부터 어디까지 알고 있는지, 종잡기 어렵다. 떠보는 수작에 넘어갈 수도 있다.

망료는 발을 빼 보았다. 짐짓 웃으며 사양했다.

"제가 영천대 자리가 뭐가 필요하겠습니까."

해월 진인이 주름진 입을 가득 당기며 묘한 미소를 지었다.

"필요할 텐데."

또르르륵!

눈알의 눈동자가 보이지도 않을 정도로 상하좌우로 움직

여 망료의 눈을 살핀다. 눈 안 깊은 곳의 망료를 읽어 낸다.

"다 보여. 보인다고. 자꾸 부인하면 화낼 거야?"

망료는 한발 물러섰다.

"정 그러시다면 영천대도 좋지만······."

그 순간 해월 진인의 눈동자가 점처럼 작아졌다. 망료의 대답을 끝까지 듣지도 않고 눈알의 누런 기운이 더욱 짙어졌다.

해월 진인의 표정이 크게 변했다.

목소리까지 절로 높아질 정도로 감탄했다.

"굉장해! 아주 무서운 놈을 적으로 두었구먼? 가만히 내버려 두면 뭐든지 집어먹을 아귀 같은 놈을 적으로 두었어!"

망료는 묻지 않을 수 없었다.

"제게 적이 있는지 어떻게 아셨습니까?"

"괴물을 잡으려는 자는 말이야. 괴물에게 하도 당하다 보니 나중엔 같은 괴물이 되기 마련이지. 자기가 괴물이 되지 않으면 괴물을 잡기 어려우니까."

"허허······."

거기까지 알고 있다면 숨겨 봐야 소용이 없다. 망료는 이제 대놓고 말했다.

"맞습니다. 아주 괴물 같은 놈이지요. 내 생전에 그런 놈은 정말 들도 보도……."

"아니지, 아니야."

해월 진인이 고개를 가로저었다. 그러나 눈동자만은 계속해서 망료를 주시하고 있어서 그게 더 소름 끼쳤다.

"지금 무슨 말을 하는 게야. 내가 말한 괴물은 그놈이 아냐."

해월 진인의 웃음이 짙어지며 들어 올린 눈알이 더욱 누런 기운을 뿜어냈다.

"자네. 바로 자네가 그 괴물이라고."

섬뜩.

"괴물을 잡기 위해서 스스로 괴물이 된 놈이 자네란 말이야."

망료는 무슨 표정을 지어야 할지 몰랐다.

왜인지 자신을 모두 꿰뚫어 보는 것 같던 염왕 당청의 웃음이 귓가를 울리면서 머리가 혼미해졌다.


이히히히! 이히히— 히잇!


억지로 미소를 지어 보였지만 어지럼증이 계속됐다.

그때.

"크아아아아!"

밖에서 웬 비명 소리가 들려왔다. 무림총연맹 안에서 절대로 들려올 수 없는 처절한 비명 소리.

아마 누구도 생각하지 못했을 터였다. 그건 해월 진인도 마찬가지.

하지만 망료는 기다리고 있었다.

또르륵.

해월 진인의 눈동자가 옆으로 돌아갔다.

순간 망료가 그때까지 덮어쓰고 있던 거짓 웃음이 사라졌다. 억지로 뒤집어쓰고 있던 가식된 인격의 껍질이 벗겨졌다.

망료의 입이 찢어질 듯 벌어졌다. 망료는 이가 부서져라 악물었다.

파짓.

화약 냄새가 퍼지기도 전에, 해월 진인의 눈동자가 창밖을 향했다가 막 다시 망료로 돌아온 찰나에!

망료는 온 힘을 다해 양발의 의족 장치를 연이어 격발시켰다.

암살!

망료는 애초부터 해월 진인을 암살할 기회만을 노리고 있었던 것이다.

무림총연맹의 맹주를 암살한다!

해월 진인의 제안에 아무런 관심이 없던 것은 바로 그러한 이유였다.

해월 진인과 망료의 거리는 매우 가까웠다. 바로 얼굴을 들이대고 있던 차였다. 때문에 망료의 의족과 해월 진인의 거리는 한 뼘밖에 되지 않았다.

망료가 장치를 격발시킴과 동시에, 수유(須臾)의 시간도 채 지나지 않아 해월 진인의 눈가가 황금빛으로 차올랐다. 깊게 파인 주름살의 골 사이에 금빛 땀이 솟아나며 부풀어 올랐다. 팔에 난 얇고 하얀 털들이 속속들이 일어서며 금빛 땀을 전면으로 흘려보냈다. 순식간에 얼굴과 목, 가슴과 배가 금빛 땀으로 가득해졌다.

살갗이 쇠 종처럼 단단해지는 금종조(金鐘罩)!

거기에서 한 번 더.

모공마다 내공이 뿜어져 나오며 옷을 팽팽하게 만들었다. 옷의 주름이 전부 펴지고 마치 공이 들어찬 듯 불룩해졌다.

의복을 쇠보다 더 강하게 만드는 철포삼(鐵布衫)!

그 위로 한 번 더.

불그스름하니 불투명한 기의 막이 뿌옇게 드리워졌다.

무당파의 적양신비공(赤陽神祕功)이 일으킨 호신강기.

모두 세 겹의 호신강기가 생겼다.

그리고 폭음이 울렸다.

**꽝! 퐈— 앙!**

수백 발의 수전이 해월 진인의 가슴과 복부에 쏟아졌다.

엄청난 폭음과 연기가 방 안을 자욱하게 채웠다. 망료는 무지막지한 충격으로 벽까지 튕겨졌다.

그러나 이미 한 번 단령경과 싸울 때 경험해 본 적이 있다. 대비를 하고 있던 차라 왼손에 내공을 모아 벽을 쳤다.

콰앙!

벽이 박살 나면서 망료는 그 반동을 이용해 연기를 뚫고 해월 진인에게 쇄도했다. 오른쪽 손에 쥐고 있던 지팡이의 머리를 당기자 칼이 뽑혀 나왔다.

"내가 이 눈을 십 년 동안 방치했다고? 이 눈을 잃을 때의 고통을 십 년간 내가 단 하루라도 잊은 줄 알아!"

본래 아까 이숙에게 맡긴 행낭에는 독침이 숨겨져 있었다.

미치광이 버섯을 주독으로 한 광균독(狂菌毒).

만일 군사 이숙이 지루함을 참지 못하고 손을 넣으면 손가락을 찔리게 된다.

광균독에 중독되면 칠공에서 피를 흘리고 정신이 나간다. 성격이 광폭해져서 죽기 직전까지 날뛰는 것이다.

하지만 만약에 이숙이 행낭을 건드리지 않는다면 망료는 오늘 일을 포기할 생각이었다.

무림일존을 실력만으로 친다는 것은 불가능에 가깝다. 천운이 따라 주지 않으면 안 된다.

반은 운에 맡길 수밖에 없는 일이었다.

그런데 이숙이 독을 건드렸으니 첫 번째 운의 조건은 만족한 셈이었다. 그리고 두 번째로 해월 진인이 한눈을 파는 사이 암기를 격발하는 데까지도 성공했다.

제아무리 해월 진인이라도 바로 코앞에서 수전을 맞고는 버틸 수 없을 것이다!

"마음을 꿰뚫어 본다고? 그럼 이것도 알았겠지!"

망료는 광혈천공으로 극대까지 내공을 끌어 올려서 칼을 휘둘렀다.

쫘악!

검기에 연기마저 갈라졌다.

카아아앙!

그러나 망료의 칼은 어느 순간 나아가지 못하고 멈추었다.

해월 진인이 머리 위로 치켜든 양호 붓에 걸려 있었다. 차판을 닦거나 찻잎을 털어 내는 데 쓰는 평범한 붓이다.

망료의 눈이 크게 치켜떠졌다.

'실패한 건가!'

설마 호신강기를 뚫지 못했나?

하지만 연기가 물러난 후 드러난 해월 진인의 모습은 전혀 말끔하지 않았다.

의족의 수전이 새까맣게 해월 진인의 전면부 가슴과 복부에 박혀 있었다. 나사처럼 생긴 수전 중에 태반이 옷 위에서 뭉개져 붙어 있었고, 어떤 것은 옷을 뚫고 들어가다가 살에 반쯤 박혀 있었다. 겨우 십여 개 정도만이 아예 해월 진인의 살을 뚫고 통과해 지나갔다. 어깨와 옆구리를 찢고 지나가기도 했다.

극심한 상처는 아니지만 수전에는 독이 묻어 있다. 상처를 낸 것만으로도 중독될 것이다.

마침내 무림일존을 암습하는 데 성공했다!

그런데 해월 진인은 아까와 조금도 다를 바 없는 말투로, 하지만 다소 기운이 떨어진 투로 말했다.

"이야아, 이거 웬 미친놈이야. 낚싯줄을 드리웠더니 어디서 아주 제대로 미친놈 하나가 걸려들었네."

하나 말을 할 때마다 몸에 난 상처에서 주륵 하고 피가 흘러내린다.

해월 진인의 황금공주도 더 이상 보이지 않았다. 눈을 들어 올리던 손으로 양호 붓을 집고 있어서 눈은 무거운 눈꺼

풀과 길고 하얀 눈썹에 가려져 있었다.

'지금이 기회다!'

망료는 용기를 얻었다. 독을 몰아낼 시간을 주지 않기 위해 극대로 내공을 끌어 올려서 칼에 힘을 주었다.

찌직, 찍.

양호 붓에 균열이 일어나더니 망료의 힘에 눌려 산산조각이 났다. 양호 붓을 박살 내고 해월 진인의 어깨를 쳤다. 그러나 아직 철포삼이 남아 있는지 쇳소리가 나며 어깨의 옷에 칼이 걸렸다.

카라락!

옷을 베지 못하고 검기가 상하면 되레 망료가 내상을 입는다. 망료는 바로 내공을 거두었다.

검기가 사라진 칼날은 순식간에 이가 나갔다.

망료는 칼을 포기하고 바로 장으로 해월 진인의 가슴을 두드렸다.

"뒈져!"

펑! 퍼펑!

해월 진인의 몸이 진동했다. 해월 진인은 망료의 장을 맞고 몸을 휘청거리면서 말했다.

"흘흘, 제법 준비를 많이 했네. 호신강기를 전문적으로 파괴하는 수전이라니. 당가의 솜씨인가?"

으직, 으직.

해월 진인을 때리고 있는 망료의 손에서 관절이 뒤틀리고 뼈가 어긋나는 소리가 들린다. 내공의 반탄력에 망료도 부상을 입고 있는 것이다.

하지만 망료는 멈추지 않았다. 조금이라도 시간을 주면 해월 진인이 독을 몰아낼 수 있어서다.

"뭬지라고!"

퍼퍽!

그럼에도 불구하고 해월 진인은 여전히 투덜거렸다. 어깨와 머리를 맞아 몸이 기우뚱거리는데 아무렇지 않게 말을 하고 있다.

"거, 나는 이 나이가 되도록 호기심이 너무 많아서 탈이라니까. 안 맞아도 될 걸 궁금해서 맞아 줬더니 괜한 희망을 갖잖아."

때리는 것은 망료이고 해월 진인이 상당한 부상을 입었는데 망료가 오히려 더 조급해진다.

'절대황시독이 안 통했나?'

그럴 리가 없다. 당가에서 무림 삼존을 죽일 수 있다고 했으면 할 수 있다.

해월 진인의 눈과 코에서 시커먼 피가 흘렀다.

망료가 계속해서 장력으로 쳐서 몸이 퉁퉁 울리는데도

해월 진인은 아무렇지 않게 눈과 코의 피를 닦이며 말했다.

"그런데 좀 실망이야? 나를 죽이고 싶었으면 최소한 당가의 삼대 절명독 정도는 들고 왔어야 해 볼 만하지."

해월 진인이 가래를 모아 뱉는데 피와 누런 액이 섞여 나온다. 몇 번 가래를 뱉으니 눈과 코에서 흐르는 피가 꺼먼색이 아니라 선홍색의 신선한 피로 바뀌었다가, 곧 그마저도 나오지 않게 되었다.

완전히 해독해 낸 것이다.

그 순간 망료의 머리에 당가의 노장인이 보인 미적지근한 태도가 떠올랐다. 무림삼존을 죽일 수 있느냐고 물었더니 한 번 대답을 망설였었다.

"쳇."

절대황시독으론 안 되나?

해월 진인이 망료의 생각을 읽은 듯 말했다.

"절대황시독은 당가의 팔대 극독이지. 하지만 내겐 잡독에 불과해. 절대황시독 따위에 당할 것 같았으면 아마 예전에 당가를 지워 버렸을걸?"

"흐흐흐. 난근부혈이니 해서 살이 문드러지고 피가 썩는다더니. 그냥 잡독이었군."

망료가 실실 쪼개듯 웃으면서 손목을 털었다. 어긋난 관절이 뚝뚝 맞춰졌다.

이게 다 진자강 때문이다. 진자강이 불을 질러서 갑작스러운 난동을 피우지 않았다면 시간을 두고 삼대 절명독을 구해 나올 수 있었는데.

"하여간 끝까지 도움이 안 되는 놈."

망료는 야성을 숨기지 않고 드러냈다. 해월 진인을 향해 살기를 뿜어내며 광혈천공을 끝까지 끌어 올렸다.

하지만 해월 진인은 피투성이가 된 손으로 아서라는 듯 손을 위아래로 휘저었다.

"어이어이, 정신 좀 차려. 이 소란이 벌어졌는데 지금껏 아무도 이곳을 들어오지 않고 있는 걸 보면 모르나?"

그제야 망료는 아까부터 밖에서 전혀 소리가 들려오지 않는 걸 깨달았다. 벽을 부수고 난동을 피웠는데도 조금의 인기척도 없다. 최소한 누군가 한 명은 달려와야 했을 게 아닌가!

해월 진인이 기막으로 이 방의 전체 공간을 외부와 차단한 것이다.

'언제?'

다시 한번 해월 진인이 망료의 생각을 읽은 듯 말했다.

"당연히 밖에서 비명이 난 후부터지."

망료가 놀라서 눈을 찡그리며 해월 진인을 쳐다보았다. 해월 진인이 웃었다.

"낄낄낄, 그러니까 내가 말했잖아. 자네 생각은 다 알고 있다고. 그 눈이 내게 다 말해 주었어."

해월 진인이 웃음기를 거두고 서서히 살기를 일으키며 말했다.

"자, 그럼 질문 하나 할까? 내가 왜 다 알면서 자네를 아직까지 살려 두고 있을까."

망료는 한동안 해월 진인을 바라보다가 '허허!' 하고 웃었다. 그러더니 자포자기한 듯 옆의 부서진 탁자에 몸을 기대 버렸다.

"몸이 좀 불편해서……."

의족이 다 부서져서 어차피 서 있을 수가 없었다. 편안하게 자세를 잡은 망료가 어쩔 거냐는 듯 비틀린 웃음을 머금고 손을 들어 보였다.

"세이경청하겠습니다?"

하지만 해월 진인은 설명하지 않았다.

단지 피가 뚝뚝 떨어지는 손을 들어 바깥을 가리켰을 뿐이었다.

"나가."

망료의 얼굴이 웃다가 굳어 버렸다.

"음?"

"가서 마음껏 날뛰다가 길에서 비참하게 죽어라. 괴물에게 딱 어울리는 죽음을 맞이하도록."

해월 진인의 입꼬리가 올라갔다.

"그게 내가 판단한 네놈의 자리다."

망료의 얼굴이 악귀처럼 일그러졌다. 그러나 변명도 배짱을 튕기는 것도, 아무것도 할 수가 없었다. 해월 진인의 살기가 계속해서 올라가고 있었다.

찌직, 으직.

갑자기 방의 어딘가에서 귀를 거슬리게 만드는 소리가 들려오기 시작했다.

바람이 일었다.

해월 진인에게서부터 망료 쪽으로.

와장창!

협탁에 올려 있던 화병이 밀려나서 엎어지고 깨졌다. 협탁이 눌려서 다리가 부러지고 주저앉았다.

으지지직.

벽의 한쪽에 세워진 병풍은 종잇장처럼 구겨지며 바람에 휘말려 망료에게 날아갔다. 망료는 손도 들지 못해 미리로 구겨진 병풍을 받아 냈다.

콰작!

병풍은 망료에게 맞고 부서지고 튕겨졌다.

천장의 대들보마저도 부러질 듯 아래로 꺾이면서 낡은

먼지를 쏟아 내고 있었다.

우두둑, 우둑, 우두둑!

벽과 기둥과 천장의 모든 것이 흔들린다.

모든 것이 밀려나고 있었다.

해월 진인에게서부터.

망료는 탁자를 잡고 버티려 했으나 탁자, 아니 온 바닥과 함께 뒤로 서서히 밀려났다.

으지직, 으지직!

장원의 건물 자체가 무너지며 망료를 떠밀고 있었다.

덜덜덜덜.

방 안의 모든 것이 무너지며 떨어 댔다.

망료는 해월 진인의 의도를 깨달았다.

망료의 입에서 욕설이 튀어나왔다.

"썅!"

해월 진인이 피투성이가 된 얼굴에 오만의 빛이 가득한 웃음을 지었다.

망료가 소리쳤다.

"한마디만 묻겠소이다!"

"아량을 베푸마. 말해 보라."

"내가 암살을 꾸미고 있다는 걸 어떻게 알았소이까?"

"사파에 편지를 쓰고 청성파에 대한 헛소문을 퍼뜨렸지?

그리고 당가를 나와서 백리중이를 찾았어. 백리중이 내게 불만을 갖고 있다는 말도 들었을 게야. 당연하지. 내가 그렇게 보이도록 만들었으니까. 백리중이는 눈치가 빨라서 내 의도를 벌써 짐작했어. 폐관 수련에 들어갔다는 게 그런 의미야."

망료가 짜증을 내며 웃었다.

"제기랄, 무슨 개소린지 하나도 모르겠군."

"자네가 보낸 팔, 그거 이미 이 자리에서 백리중이와 같이 받았어."

그런데 이미 본 팔을 굳이 백리중에게 소금에 절여 다시 보냈다?

그제야 망료도 깨달았다.

"미끼?"

"백리중이와 나 사이에 끼어들 놈이 하나는 있을 줄 알았지."

망료가 암살을 할 의도였든 아니든 상관없었다. 해월 진인은 처음부터 망료를 암살자로 몰아갈 생각이었던 것이다.

염왕 당청이 기만자(欺瞞者)라면 해월 진인은 압제자(壓制者).

우월한 무력을 앞세워 하고 싶은 대로, 원하는 대로 하고야 만다. 누가 사주했는지 묻지도 않는다. 이미 그의 머릿

속에 생각해 둔 자들이 있다는 뜻이다.

그가 만들어 가는 세상에서 망료와 같은 졸(卒)은 끼어들 자리도 없다. 섣불리 덤벼들면 그냥 소모되고 만다.

숨이 턱턱 막혔다.

몸이 뒤로 밀리면서 의족이 질질 끌렸다.

카카칵, 카가가각!

방의 반이 망료와 함께 밀려난다.

실로 믿기지 않을 정도의 거대한 폭력 앞에서 망료는 아무것도 할 수 없었다.

"낄낄낄. 잘 가게나. 아마 다시 마주치는 일은 없을 게야. 다시 만나게 된다면 그건 지옥 어디쯤이겠지."

으드드득.

망료는 살기를 감추지 않고 뿜어내며 이를 갈았다. 해월 진인을 노려보았다.

해월 진인이 크게 숨을 들이쉬었다.

후우우우우우우웁.

한 번도 숨을 멈추지 않고 들이쉬는 바람에 배가 올챙이처럼 부풀어 올랐다.

그러더니 고도로 정제된 한마디의 음을, 그때까지 들이마신 모든 숨을 한 번에 토해 내어 발음했다.

"쓰— 앗— 홈—[吽]!"

콰앙!

해월 진인이 서 있던 위 천장이 완전히 무너지고, 나머지 집의 반은 망료와 함께 밖으로 튕겨 나갔다.

쿠당탕탕!

망료는 나무와 돌 부스러기에 공처럼 휩싸여 거의 십여 장 이상을 날아가 나뒹굴었다. 집의 잔해가 온 사방에 널브러졌다.

그 와중에도 망료의 귀에 해월 진인이 웃으며 던진 전음이 똑똑히 들려왔다.

『청성파, 잘 먹겠네.』

쿠구구구궁 구구구구구.

장원이 순식간에 주저앉았다. 해월 진인은 그대로 매몰됐다.

망료가 할 수 있는 일이라곤 없었다.

해월 진인이 자기를 암살범으로 몰고 있다고 항의를?

씨알도 안 먹힐 소리다.

한데 망료는 그냥 나가떨어진 게 아니었다. 언제 던져 놓았는지 망료의 가슴에 작은 함이 떨어져 있다. 함을 열어 보았더니 영롱한 색의 작은 환단이 보인다.

"계산은 철저하구만. 나더러 빨리 뒈지지 말라고?"

망료는 환단을 그대로 입에 물고 씹어 먹었다. 순식간에 몸 안의 울혈이 풀리고 단전이 따스해지는 게, 범상치 않은 영단이다.

그때 무너진 자리에서 시커먼 복면을 한 자 수 명이 쏜살같이 뛰쳐나가는 게 보였다.

"어이어이, 아무리 그래도 대낮에 까만 복면이라니."

망료는 실소를 지었지만 다른 이들이 보기엔 그만큼 뻔한 효과가 있는 것도 없었다.

사방에서 무사들이 몰려들며 외쳤다.

"살수다!"

"맹주님이 피습당했다!"

고도의 경신법을 가진 자들과 무인들이 복면인들을 쫓아갔다.

"끙."

망료는 다 터져 나간 의족을 벗고 부러진 기둥을 지팡이 삼아 일어섰다.

옆쪽에 피범벅이 되어 꿈틀거리고 있는 이숙이 보였다.

무사들 몇이 녹아내리고 있는 이숙의 근처에 가까이 가지 못하고 서 있었다.

망료가 죽어 가는 이숙의 앞에 다가가 몸을 낮추고 그의 귀에 말했다.

"그러게 내가 변소 가고 싶다고 할 때 내버려 두지 그랬어. 그럼 다른 놈이 대신 뒈졌을 텐데."

피에 젖은 몸을 꿈틀거리며 눈동자가 망료를 쳐다보았다. 망료는 이숙에게 씨익 웃어 주고는 자리를 떠났다.

아주 평범해 보이는 무인 한 명이 장원의 뒤쪽으로 향하는 쪽문을 열어 주었다.

이것도 사전에 준비가 되어 있던 참인가.

그쪽으로 망료를 막는 자가 아무도 없었다. 아니 막아서는 사람 자체가 거의 보이지 않았다.

하지만 망료는 알고 있었다.

무림총연맹의 총본산을 나가는 순간, 그때부터 망료는 척살의 제일 대상이 되고 말 터였다.

망료는 해월 진인의 웃음을 흉내 내어 웃었다.

"낄낄낄…… 원하는 게 금강천검의 견제가 아니었던 거지?"

처음엔 백리중을 견제하기 위해 자기를 영입하려는 줄 알았다.

하지만 아니었다.

백리중은 몇 번이나 사파를 엮으려다 실패하고 말았다. 그 덕에 해월 진인의 눈 밖에 난 게 사실이다.

그래서 백리중은 눈치 빠르게도 곧바로 폐관 수련에 들어갔다. 해월 진인이 직접 나섰을 때 한 번의 기회가 자신에게 찾아올 걸 알고 있었다. 그 기회를 놓치지 않기 위해 스스로를 단련한 것이다.

백리중이 스스로 몸을 낮추어 선두에서 뛸 준비를 하고 있다는 건, 해월 진인이 더욱 자신의 입지를 공고히 다지려 한다는 뜻으로 해석할 수 있다.

"욕심 많은 늙은이 같으니. 얼마나 오래 맹주 자리를 해 먹으려는 거야? 낄낄낄."

망료는 자신의 앞에 펼쳐질 가시밭길이 눈에 선했다. 이미 스산한 죽음의 안개가 깔려 있는 듯했다.

그러나 결과적으로는 망료가 의도한 대로나 다름이 없게 되긴 했다.

망료는 그것만으로 만족했다.

*        *        *

무림의 역사에서 보면 몇 번이나 있었던 흔한 일에 속하지만, 대체로는 도무지 상상하기도 어려운 일이 벌어지고 말았다.

무림총연맹의 총본산, 그 한복판에서 맹주 해월 진인의 암살 시도가 있었던 것이다.

해월 진인의 상태는 알려지지 않았지만 굉장한 중상을

입었다는 얘기가 흘러나왔다.

더욱이 백도 무림을 상징하는 그 자체인 무림일존이 공격당한 것은, 백도 무림에 대한 공격이나 다름이 없었다.

무림이, 강호가, 전 중원이 술렁거렸다.

사파? 사파의 사주가 있었다?

어디에서 시작되었는지 진위를 알 수 없는 얘기가 돌기 시작했다.

이제 강호는 한 치 앞을 알 수 없는 격동의 소용돌이에 휩싸이게 되고 말 것이다.


＊　　　＊　　　＊


"가, 각주님! 각주님!"

심학은 머리에 쓴 관이 구겨지고 엉망이 되었는데도 정신없이 방 안으로 뛰어 들어갔다.

방 안에서는 백리중이 정좌를 하고 눈을 감은 채 앉아 있는 중이었다.

심학이 땀을 흘리며 소리쳤다.

"맹주님이…… 맹주님이!"

그 순간 백리중이 눈을 떴다.

번쩍!

호목(虎目)에서 불길이 새어 나왔다. 백리중의 몸에서 성난 기운들이 쏟아져 나왔다.

촤라라락! 촤라라라락!

백리중의 몸에서 뻗어 나온 기운이 온 방 안을 난도질했다. 벽이고 천장이고 모든 것이 칼로 벤 것처럼 긁혔다.

콰지지직!

나무로 된 것이든 돌로 된 것이든 가리지 않고 수백 개의 검흔이 새겨졌다.

그것이 방 안에 새겨져 있던 긁힌 자국들의 정체였다.

심학은 다리에 힘이 풀려 주저앉았다.

이어 방 안을 가득 채웠던 성난 기운이 순식간에 백리중에게로 갈무리되었다.

방 안에 잘게 쪼개진 벽과 천장의 나뭇조각들이 나풀거리며 떠다녔다.

가볍게 한 번의 호흡을 한 백리중이 말했다.

"말해 보라."

심학이 놀라서 얼이 나간 채로 중얼거렸다.

"맹주님이 습격당했답니다……."

백리중은 고개를 끄덕였다. 백리중의 입가가 비틀렸다.

"이제 옛 친구를 죽이러 갈 시간이 되었군."

*    *    *

당청은 지급으로 된 소식을 접했다.

"이히잇!"

당청이 벌떡 일어나서 소리를 질렀다. 방에서 일을 하던 모든 학사들이 당청을 쳐다보았다.

"그 미친놈이 결국 사고를 쳤구나! 아주 대단한 사고를 쳤어!"

당청의 동그란 얼굴에 찢어진 입이 귀까지 닿았다.

"이 미친 새끼! 내가 감당할 수 있는 돌을 던지라니까 집 채를 뽑아 던졌네. 이히히힛!"

가주인 이화부인 당귀옥마저 당청을 찾아왔다.

당청이 당귀옥을 보고 말했다.

"무림총연맹은 맹수야. 맹수는 먹잇감이 없으면 굶어 죽지. 하지만 그간 무림총연맹의 상대가 너무 없었어. 때문에 맹주는 침체된 무림총연맹을 살릴 빌미를 찾고 있었지."

"세력 확장을 하려면 혼란이 필수이겠지요?"

"맞아. 그런데 이놈이 홀라당 이용을 당해 버렸네? 이히 힛!"

"하지만 우리로서는 손해 볼 게 전혀 없지 않습니까?"

"그래. 우린 손해 볼 게 없지. 오히려 호기지."

당청이 눈을 빛내며 웃었다.

"망료 이놈! 천하를 주겠다고 큰소리 뻥뻥 치더니 아주 빈말은 아니었구만!"

혼란이 무림총연맹에 활약할 기회를 만들어 준다면, 그 와중에 퍼지는 독은 혼란 속에 가려져 더욱 은밀해질 것이다.

第四章

각자도생(各自圖生)

　무림총연맹은 암살의 배후를 캐기 위해 위원회를 꾸렸다.

　특별 조사단을 만드는 데에 합의를 보고, 조사단에 유력 문파의 인물들로 구성원을 채웠다.

　조사단은 머잖아 상당한 수준까지 조사를 이루어 냈다.

　암습한 흑의인 중 한 명을 추살하고, 그 와중에 중요한 증거도 찾아냈다.

　가장 처음으로 용의 선상에 오른 것은 사천 당가.

　그러자 당가는 고위직 인물을 무림총연맹에 파견해 즉각 소명했다.

암습에 쓰인 암기와 독은 당가의 것이 맞다.

하지만 그것은 독룡과 망료란 자가 당가의 장인을 살해한 후 훔쳐 간 것이다. 이후에 독룡은 청성파로 도주하였으며 망료는 무림총연맹으로 간 것이 확실하다.

독룡은 망료가 약문 사건의 평화로운 해결을 위한다는 명분으로 소개한 자로서, 본 가와는 무관하다. 오히려 본 가의 직계인 하란을 홀려 보물인 탈혼사를 탈취하고 지하절옥의 죄수들을 모조리 학살하는 만행을 저질렀으므로, 독룡은 본 가의 원수라 할 수 있다.

독룡이 약문의 후예라는 것이 알려지자, 사람들은 그제야 운남 독문의 멸문 사건을 이해했다. 그렇다면 당가를 함정에 빠뜨리려고 이번 일을 저질렀다는 주장도 설득력이 있었다.

하여 사람들은 이후에 망료가 보인 행적에도 의심의 눈길을 보냈다.

망료가 무림총연맹의 맹주를 찾아간 것은 바로 백리중을 만난 이후였다. 거기에서 추천서를 받아 무림맹주를 만날 수 있었다.

당연히 백리중이 의심 가야 하는 상황이었으나 백리중은

폐관 중이었다. 아주 운 좋게 의심의 눈초리를 벗어날 수 있게 된 것이다.

그리고 마지막으로 독룡이 도망간 청성파.

청성파에는 유독 최근에 사파인들이 모여 있었다.

청성파에서 독룡을 비롯한 산동요화까지도 보호하고 있다는 얘기가 나왔다.

의심스럽지 않을 이유가 없었다.

무림총연맹의 위원회에서는 청성파의 소명을 요구하고, 장문인의 출두와 산동요화의 압송을 요청했다.

어차피 산동요화는 무림총연맹의 최우선 척살 대상이었기에 청성파로서는 거절하기 어려운 상태였다.

＊　　　＊　　　＊

"평온이 너무 길었지."

무암 존사가 말했다.

복천 도장은 옆에서 얼굴이 잔뜩 상기되어 있었다.

"장문 사형, 그 말씀은……?"

"강호가 너무 오랫동안 안정된 상태에 접어들어 있었어. 무림총연맹의 강대한 힘에 모든 강호가 주눅이 들어 몸을 사리고 있었지. 그들도 알고 있었던 거라네. 잘못 고개를 쳐들면 칼을 맞는단 사실을."

잠시 말을 쉬었던 무암 존사가 껄껄 웃으며 말했다.

"강호에 이상한 소문이 돌고 있는 걸 보면…… 아마도 고개를 쳐든 게 우리 청성이었던 모양이구먼. 우린 몰랐지만."

"우리 청성이 뭘 잘못했기에요? 무림총연맹에 가입하지 않은 것 때문에 그동안 우릴 그렇게 백안시하더니 이젠 장문 사형까지 함부로 오라 가라? 우리 청성을 뭐로 보고, 내 이것들을 정말!"

"뭐…… 이유야 뭐든 좋겠지. 우리가 알 수가 있나. 이유를 저들이 가지고 있는데."

"장문 사형. 그래서 가시겠다는 겁니까?"

"거, 날 너무 다그치지 말게. 나도 나름대로 생각 중이니까."

무암 존사가 턱을 손가락으로 긁적거렸다.

"어쩌면…… 령령과 우리 산문에 죽치고 있는 사파 친구들을 몽땅 잡아다 넘기면 우릴 살려 줄지도 모르겠군."

"당연히 안 그러실 거잖습니까! 그러실 수 있어요?"

"어허, 사제는 내 성격을 알면서 그러나."

무암 존사가 미소를 지었다.

"당연히 못 하지."

복천 도장이 하늘을 보고 크게 숨을 내쉬었다.

"후우우. 그러니까 그게 문제 아닙니까. 그게 문제라구요."

"아무래도 나로서는 더 좋은 생각이 나질 않는군."

무암 존사가 몸을 돌렸다. 그러더니 허리를 숙였다.

"그러니까 모두들 좋은 의견이 있으면 내주시기를 부탁드립니다."

무암 존사의 뒤쪽으로는 수백 명이 넘는 청성파의 도사들이 모여 있었다. 그중 앞쪽에는 십수 명의 나이든 원로들이 있었는데, 가장 어린 나이가 팔십이고 백 살이 넘은 이도 있었다.

원로들은 제멋대로 앉거나 누워서 몇몇은 지루한 표정을 짓고 있기까지 했다. 나이가 젊은 도사들의 얼굴에 긴장이 잔뜩 있는 것과는 사뭇 반대였다.

원로 중 한 명이 말했다.

"해 줘. 해 달라는 대로 해 주면 되지, 뭐가 문제야. 고작그런 일로 우릴 불러냈어?"

옆의 원로가 혀를 찼다.

"나도 이십 년 만에 굴 밖으로 나왔어. 너만 그런 거 아냐. 아무튼 쟤가 소싯적에 여기저기 씨를 뿌리고 다닌 바람에 그게 문제라잖아."

청성산의 봉우리에는 수많은 암굴이 있다. 많은 도사들은 나이가 들면 암굴에서 칩거하며 수행을 하는데, 경전을 쓰거나 내단을 제조하거나 했다. 그중에는 죽는 때까지 나오지 않는 이들도 있었다.

하나 오랜 수행의 시간을 가지면 가질수록 도가의 도사들은 최종적으로 무위자연에 점점 더 가까워진다. 모든 행동과 사고방식이 점점 자연의 본래 성질로 돌아간다.

그것은 곧 각자의 개개인이 가진 개성이 극대로 드러난다는 말에 다름 아니었다. 때문에 청성파의 도사들이 괴팍하고 제멋대로라는 말이 괜히 나온 게 아니었다.

"책임지면 되지. 아자(兒子)가 있으면 데려와서 도사를 시켜. 내가 제자 삼을게."

"그게 아니라 정애(情愛)의 씨를 뿌렸다는 말이야."

"그럼 누정(漏精)을 한 거야?"

"아니래도."

"미친놈. 환정보뇌(還精補腦)의 법을 종생(終生)해도 우화등선을 할 수 있을지 말지 모르는 마당에 왜 사방팔방 싸지르고 다녀."

아니라고 항변하던 원로가 자기가 생각해도 이상했는지 무암 존사를 보고 물었다.

"아, 그런 게야?"

무암 존사가 정중히 대답했다.

"아닙니다."

답답해진 복천 도장이 목소리를 높여 가며 설명했다.

"그게 아니라 우리가 피치 못할 사정으로 사파의 여인을 데리고 있는데 그 여인을 무림총연맹으로 압송하라고 협박하는 겁니다. 안 그러면 해월 진인의 암살에 관여한 것으로 치부하겠다고요."

원로들은 별로 놀라지도 않았다.

"해월이 오래도 사네. 무림 맹주면 암살당할 수도 있지. 뭘 그런 걸 가지고 그래."

원로들의 대다수는 삶과 죽음에 이미 초연해져 있어서 대수롭지 않게 여기는 투가 강했다.

복천 도장이 언성을 높였다.

"사백숙들께서야 속세를 등지신 지 오래라 그리 말씀하시지만 저희는 아니지 않습니까."

원로들이 화를 냈다.

"저놈, 저거 성질머리 봐라. 우리가 세상 돌아가는 거 모른다고 바락바락 악써 가면서 지 할 말 하는 거. 이놈아 우리가 세상 돌아가는 건 몰라도 천종 아래 대라삼계와 옥경 삼십이천이 돌아가는 모양은 잘 안다."

"저거 어렸을 때 자다 말고 양변(兩便)을 찍찍 갈겨 대면 누가 갈아 줬는데, 에이 사특(邪慝)한 놈."

원로들이 하나둘 제대로 알아듣기도 힘든 고어(古語)를 써 가며 저마다 복천 도장을 나무랐다.

복천 도장은 눈을 감고 그냥 욕을 받아들일 수밖에 없었다.

"사숙님들, 사조님들."

무암 존사가 부드럽게 원로들을 달랬다.

"그 여인은 제가 어렸을 적 크게 흠모한 바 있어서 남에게 함부로 넘기고 말고 할 수 있는 존재가 아닙니다."

아까 환정보뇌의 법을 말한 원로가 삿대질을 해 가며 혀를 찼다.

"쯧쯧쯧. 인연 중에 가장 끊기 어려운 인연이 여자와의 인연이거늘, 저거 아직도 철이 안 들었어. 에이잉."

"허허허, 죄송합니다. 저도 모르게 마음이 가는 걸 어쩌겠습니까."

"수양이 덜 돼서 그래."

"입이 있어도 백번 할 말이 없습니다. 그런데 이왕 이렇게 된 일, 어찌하면 좋겠습니까?"

복천 도장이 참지 못하고 끼어들었다.

"청성을 지키기 위해서 무림총연맹에 항복하고 무릎을 꿇어야 된단 말씀입니까? 저는 절대로 반대입니다."

다른 원로가 투덜대듯 말했다.

"장문인이 여자에 빠져 있으니 무능해서 이런 꼴이 된 걸 어째."

"그럼 해월 진인에게 가서 무릎을 꿇을까요?"

"뭘 무릎까지 꿇어. 장문을 잘못 뽑은 건 결국 우리 탓인데. 우리가 해결해야지."

"그러니까 어떻게 하면 좋겠느냐고 여쭙는 것 아니겠습니까."

그때까지 한마디도 않고 가만히 있던 가장 나이 든 원로가 말했다.

최고령 원로가 낮은 목소리로 말했다.

"수라도(修羅道)가 펼쳐질 거야."

그의 말에 모두가 입을 다물고 침묵했다.

무림총연맹이 들고 일어섰으니 결코 조용히 지나갈 일이 아니라는 걸 안다. 세력을 키우기 위해 피를 보려 할 테고, 희생양을 찾아 잡아먹으려 할 것이다. 그것이 수라도로까지 이어진다는 것은 결코 흘려들을 얘기가 아니었다.

"청성이 살아날 수 있겠습니까?"

"수라장에서 살아남을 수 있는 건 사람이 아니라 수라뿐이야."

최고령 원로가 갑자기 지필묵을 꺼내 들었다.

그러곤 네 글자를 써서 던졌다.

각자도생 (各自圖生)

복천 도장이 글자가 쓰인 종이를 받아 들어 무암 존사에게 주었다.

"각자도생이라고 쓰셨습니다."

"무슨 뜻입니까?"

최고령 원로가 구부정한 허리로 앉아서 말했다.

"강호에 혈운(血運)의 징조가 보여. 하여 점으로 글자를 뽑았더니 그리 나왔네."

"각자도생이라는 것은……."

각자가 살아날 방법을 모색한다는 뜻이다.

잠시 생각하던 무암 존사가 다시 물었다.

"커다란 뗏목에 의지하면 혈운을 피할 수 있겠습니까?"

"알(聐)! 멍청하기 짝이 없는 녀석! 그랬다간 뗏목에 탄 놈들 모두가 죽을 거야!"

무암 존사는 욕을 먹었어도 화내거나 기분이 상한 표정을 짓지 않았다.

"그럼 뗏목에 타지 않고 버티고 있으면 되겠습니까?"

"알(聐)! 더 멍청한 놈아! 홍수가 나고 둑이 터져 황하가

범람하는데 물가에서 뗏목에 타지 않고 버티면 살 수 있겠느냐!"

"아하."

무암 존사는 그 말을 이해했다.

"그래서 각자도생이로군요."

최고령 원로가 그제야 쭈글쭈글한 얼굴에 미소를 지었다.

"이제야 말을 좀 알아듣네."

복천 도장이 인상을 쓰고 있다가 물었다.

"저는 아직 모르겠습니다만."

원로들이 아우성을 치며 복천 도장을 나무랐다.

"네놈에게 말해 봐야 대우탄금(對牛彈琴)이지!"

대우탄금은 소 앞에서 거문고를 탄다는 뜻이다. 쓸모없는 일, 가르쳐도 알아듣지 못한다는 뜻이다.

"가유호효(家喩戶曉)해도 못 알아듣는 놈들이 있어, 꼭."

가유호효는 집집마다 찾아가 알려 주어서 알아듣게 설명한다는 뜻이다.

복천 도장의 얼굴이 붉으락푸르락해졌다.

복천 도장이 뭐라고 항변하려는데, 무암 존사가 먼저 말했다.

"청성이 살아날 수 있는 방법을 알려 주십시오."

최고령의 원로가 다시 입을 열었다.

"청성이 살아남는 것에 의미가 있느냐 묻는다면, 내가 먼저 묻겠다. 백 년이 가고 천 년이 가도 남아 있을 청성산의 도관과 도경과 풍경을 남기는 데에 의미가 있느냐, 백년도 못 살고 죽고 썩어 문드러질 육신을 가진 제자들에게 의미가 있느냐."

무암 존사가 잠시 생각하다가 말했다.

"변화무쌍하나 결코 닳아 없어지지 않을 청성의 정신을 지키고 싶습니다."

"잡초는 밟히고 뽑혀도 늘 자라난다. 웃자라서 쓰러지고 못 자라서 잎이 누레져도 또다시 살아난다. 그 끈질긴 생명의 원천은 잡초의 뿌리에 있느니라."

최고령 원로가 다시 지필묵을 들었다.

"청성의 정신을 지킬 수 있는 방법이다."

그리고 글자를 써서 다시 던졌다.

무암 존사가 소리를 듣고 종이를 받았다. 그러곤 복천 도장에게 물었다.

"뭐라고 쓰여 있는가?"

복천 도장은 잠시 아무 말도 하지 못하였다.

그러다가 한참 후, 대답했다.

"살신입절(殺身立節)…… 입니다."

살신입절.

자신의 몸을 희생하여 절개를 세운다는 뜻이다.

복천 도장이 침울한 표정으로 물었다.

"정녕 이 방법뿐입니까?"

최고령의 원로가 성질을 냈다.

"장문인이 가만히 앉아만 있으면 되는 자리야? 청성이 이 지경까지 왔으면 그 책임은 결국 책임권자에게 있는 것이지. 밑에서 허드렛일하는 놈이 책임질까? 이놈 저놈 책임을 회피하면 청성의 정신은 무슨 자랑스러운 회피 정신이야?"

복천 도장도 울컥했다.

"그럼 뭐 안 됩니까? 이건 그냥 장문 사형더러 죽으라는 말 아닙니까!"

"알! 이노옴!"

최고령의 원로가 손을 휘저었다. 그의 앞에 있던 휴대용 지필묵이 전부 복천 도장에게 날아갔는데, 그 기운이 자못 살벌하기 그지없었다.

복천 도장이 손바닥을 뻗어 여러 개의 그림자를 만들었다.

퍽! 퍼퍽!

장영에 부딪친 벼루가 깨지고 먹이 박살 났다. 복천 도장의 옷과 손에는 먹물 한 방울도 묻지 않았다.

그 광경을 청성파의 모든 제자들이 보고 있었다.

복천 도장이 소리쳤다.

"사백숙님들 중에 한 분이 이끌어 주셨으면 여기까지는 안 왔을 것 아닙니까! 무작정 후대에 미뤄 놓고 나 몰라라, 너희가 책임져라 하면 그 책임은 누구에게 있는 것입니까!"

"네 이놈! 네 말이 맞다!"

"예?"

최고령 원로가 화를 내듯이 말하다가 갑자기 수긍했다.

"그래서 우리 노후의 꼬라지가 이 꼴이 됐잖으냐. 당장 포근한 암자에서 쫓겨나 길거리에서 객사하게 생겼지. 누가 아니라고 했느냐?"

복천 도장이 '큭!' 하고 신음을 내며 이를 깨물었다. 돌연 수긍해 버리니 더 항변할 말이 없었다.

새하얀 눈썹의 원로가 다소 멍한 듯한 눈빛에 천장을 보며 거룩한 얼굴로 말했다.

"천하의 주인이 될 수 있었던 자가 길을 엇나가 세상이 비탄에 빠졌으며 개천의 바닥을 기고 있어야 할 자가 용의 여의주를 빼앗아 비상하였고, 죽었어야 할 자들이 살아왔다. 그러나 청성은 아직 여기서 사라질 때가 되지 아니하였다. 그것이 시작이고 중간이고, 끝이다. 원시천존."

원로가 도호를 외자 모든 제자들이 경건하게 도호를 따라 외웠다.

"원시천존."

분위기가 단숨에 숙연해졌다.

모든 제자와 원로들이 무암 존사를 쳐다보았다. 최고령의 원로가 말했다.

"나는 제시할 뿐, 선택은 장문인 네가 해라. 책임이 있다면 그만한 권한도 네게 있다."

"으음."

무암 존사가 잠시 침묵을 지키며 생각한 끝에 말했다.

"무림총연맹이 지금 우리를 핍박하는 게 문제가 아니다. 항복하지도 대항하지도 말라. 지금은 다가올 환란…… 그러니까 수라도에서 몸을 피할 때다…… 그리 말씀하신 게지요. 제 말이 맞습니까?"

최고령 원로가 대답했다.

"정확하다."

"그럼 제가 어떤 선택을 하더라도, 예를 들어 피해는 있겠지만 청성의 명맥은 계속 이어질 수 있다고 하셨지요. 그 말씀도 맞습니까?"

하얀 눈썹의 원로가 고개를 끄덕였다.

"그러하다."

"하면 결과는 같겠지만 방법은 제 마음대로 좀 해 보겠습니다. 제 사적인 이유입니다만."

무암 존사가 미소를 머금고 말했다.

"삼십 년간 쌓아 둔 게 많이 있어서 해결을 하고 편하게 등선할까 합니다."

원로들은 반대하지 않았지만 혀를 차며 고개를 설레설레 저었다.

"하여간 아직도 저렇게 속세에 연연하누."

"쯧쯧. 말하는 꼬라지를 보니 네 등선은 글렀다. 그냥 하고 싶은 대로 아주 마음껏 하거라."

\* \* \*

청성파는 무림총연맹의 요구를 단칼에 거절했다.

청성파 장문인의 출두도 거절했고, 단령경의 압송도 거절했다.

청성파는 보란 듯이 무림총연맹의 요구에 대한 답을 강호 전체에 포고했다.

이번 맹주의 피습 사태가 매우 유감스럽긴 하나, 청성파는 무림총연맹에 가입하지 않았으므로 출두에 응할 이유가 없다. 불명확하고 사리명분에도 올바르지 않은 이유로 청성을 핍박한다면, 청성은 사력을 다해 항거할 것이다.

애초에 무림총연맹에 머리를 굽히기 싫어 가입하지 않은 청성파였다. 사람들은 그런 청성파가 오해를 받는다고 이제 와서 장문인이 나설 거라 생각하지 않았다.

그러나 항거한다는 말은 좀 달랐다.

대놓고 무림총연맹의 행사에 반발한 것이다.

이것은 무림총연맹으로서도 도저히 묵과할 수 없는 일이 되고 말았다.

무림총연맹의 위원회는 즉시 백호지황각(白虎地皇閣)의 각주인 형산파의 고수 뇌락검(雷烙劍)을 위시로 대규모의 전투조를 파견했다.

＊　　＊　　＊

심학이 어이가 없어 하며 투덜거렸다.

"도대체 청성파는 무슨 생각일까요? 호미로 막을 일을 가래로 막을 셈인가 봅니다."

백리중은 별 표정의 변화 없이 계속해서 밥을 먹고 있었다.

벌써 열 그릇째.

폐관 수련을 마치고 나서 당연하다는 듯 엄청나게 폭식을 했다.

흡기는 단전호흡으로도 하지만 섭식(攝食)으로도 가능하다. 익히고 있는 내공심법에 따라 방식이 달라진다.

쉴 새 없이 시비들이 들어오며 새로운 음식들을 가져왔다.

백리중은 열다섯 그릇째를 비우고 나서야 입을 열었다.

"이제야 속이 좀 차는 것 같군. 청성파의 생각이 무엇인지 물었던가?"

"예. 각주님."

"간단하네. 나를 부르고 있는 것이지. 옛 친구가."

심학이 주저하다가 말했다.

"하지만…… 위원회는 뇌락검 진경을 수장으로 삼았습니다. 하남의 백호지황각이 귀주 지부에 들러 검호대까지 차출해 간다고 합니다……."

"상관없다네."

백리중의 입가에 가느다란 미소가 걸렸다.

"뇌락검 정도로는 그 친구를 쓰러뜨릴 수 없을 테니까."

백리중은 뇌락검이 모자라다고 하지만 그럴 리가 없다.

일대일의 비무가 아니라 싸움이 된다면 애기가 달라질

수도 있다. 백호지황각은 청룡대검각과 함께 무림총연맹의 쌍두마차다.

더구나 청성파엔 일사이불삼도이왕에서 삼도(三道) 중의 한 명이 있다.

그중에는 뇌락검이 없지만 백리중의 이름도 없다.

심학은 걱정스러운 표정을 지었다. 하나 백리중은 자신의 생각이 틀리지 않았다는 듯, 다시 한 그릇의 밥그릇을 들어 먹기 시작했다.

*　　　　*　　　　*

망료가 무림맹주를 암살하려 했다는 사실을 진자강도 운정에게 전해 들었다. 그 불똥이 청성파까지 튀었다는 것도.

"그래서 우리 청성파에서도 급하게 대책을 강구하고 있는 중이라고 합니다."

편복이 고개를 갸웃했다.

"대책을 강구한 게 아니라 싸움을 건 모양새던데?"

"당연하죠! 우리 청성은 무림총연맹의 협박에 지지 않는다고요!"

"청성파는 몰라도 나는 큰일이지. 하필 선랑께서 치료 때문에 폐관에 들어간 바람에, 아이고야."

"사부님께서 지금 갑자기 외부의 충격을 받으면 큰일 날 수 있다고 하셨어요. 그래서 나오시는 날까지 우리가 지켜 드릴 거라고 하시던데요."

"그야 고맙긴 한데……."

단령경은 나올 때가 거의 되었는데 아직 나오지 않고 있었다. 그러나 시간이야 장담할 수 있는 건 아니었으니 기다릴 수밖에 없었다.

편복이 한숨을 푹푹 쉬며 진자강을 돌아보았다.

"그런데 자네는 안 놀랐나? 암살자들 중에 한 명이 자네 랑 관계가 있는 사람이라며."

진자강이 잠깐 생각하다가 고개를 저었다.

"놀란 것보다, 이해할 수 없군요. 무림맹주를 암살하는 데 성공했다고 한들 무엇이 달라질까요."

당하란이 입술을 잘근잘근 씹다가 말했다.

"혼란. 혼돈. 갈등."

"혼란……."

편복이 중간에 끼어들었다.

"내가 말한 바 있지? 해월 진인은 백도 무림의 상징적인 일인자이며 동시에 이해득실로 인한 통치라는 새로운 지배 체제를 만든 장본인일세."

"기억합니다."

"그런데 그것은 필연코 문제점을 안고 있지. 모든 행동의 기준이 이익에 있다는 거야. 지금의 무림총연맹은 해월 진인을 구심점으로 해서 돌아가고 있다네. 그런데 만약 구심점을 잃으면 어떻게 될까."

"이익에 따라 이합집산을 하겠군요."

"그렇지. 구심점이 없어지면 무림총연맹은 해월 진인이 이제껏 해 온 것처럼 스스로의 이해득실에 따라 움직이게 될 거고, 결국 심각한 사분오열을 겪게 될 것이야."

그때 누군가가 나타나서 말을 던졌다.

"하지만 지금 이게 해월 진인이 의도한 것이라면?"

복천 도장이었다.

"사부님!"

복천 도장은 달라붙은 운정을 옆으로 밀어냈다.

"해월 진인의 심계는 보통 사람으로서 상상하기 어려운 바가 있소이다."

예전이라면 편복은 청성파의 도사들 앞에서 맥도 못 추었겠지만, 요즘은 이상하게 자신감이 붙었는지 복천 도장에게 할 말을 했다.

"아무리 심계가 깊다 한들 스스로 암살당할 필요는 없지 않소이까."

"그럼 내가 독룡에게 한번 물어보리다."

복천 도장이 진자강에게 물었다.

"네가 보기에 망료란 자가 해월 진인을 암살할 수 있다고 보느냐?"

"죄송하지만 해월 진인의 실력이 어떤지 몰라서 대답하기 어렵습니다."

"그는 무림일존이다. 한때 일사이불삼도이왕의 삼도 중 일도(一道)였으며 세 번째 삼도가 바로 내 사형인 무암 장문이다. 내 무공은 사형에게 많이 미치지 못하고, 내 사형도 일도에는 미치기 어렵다."

이미 복천 도장의 실력을 보았다. 그가 단숨에 저 봉우리까지 긴 선을 그어 버린 것도.

그보다 몇 단계나 위라면…….

진자강이 고개를 저었다. 망료와는 암부를 멸살시킬 때 간접적으로 마주친 바 있다. 그리고 이후에도 직접적으로 보았다.

"어렵다고 봅니다."

"그래. 해월 진인이 허락하지 않으면 암살은 일어나지 못한다. 그게 무림일존이다."

편복이 따졌다.

"그러면 왜 암살극을 일으켰다는 뜻이외까?"

복천 도장이 한마디로 일축했다.

"정리(整理)."

"에엥?"

당하란이나 편복이 한 말과 완전히 배치되는 말이다.

"본인은 혼란을 일으키기 위한 것이라 보오이다!"

"물론 그렇소. 귀하의 말도 틀리지 않소. 하지만 애초에 정리는 혼란이 있어야 가능한 것이오. 수습은 혼돈이 있어야 가능하고, 청산은 처분할 물건이 있어야 가능한 것이오."

"아…… 음. 생각해 보니 같은 말이었구려. 혼란과 정리."

운정이 이상하게 생각했다.

"안 같은 것 같은데요."

"아니야. 같은 거야."

복천 도장이 아랑곳하지 않고 말을 계속했다.

"이제까지 무림총연맹은 다소의 분쟁이 있었을지언정 적이 없었기에 너무도 꽉 맞춘 듯 정돈되어 있었소. 반대파는 숙청됐고 거대 문파의 이익 분배는 모두 끝나 버렸소. 서열이 정리되어 더 이상의 이익을 추구할 수 없게 됐지."

"그렇다면……."

"때로는 가지를 치고 때로는 가물어야 달콤한 열매가 열리는 법. 해월 진인은 강호 무림 전체를 두고 도박을 할 셈인 것이오."

운정이 놀라서 물었다.

"도, 도박이라니요?"

"본 파의 원로들께서는 해월 진인이 강호 무림을 재편할 생각이라 보고 있다."

강호 무림의 재편!

"스스로 만든 것을 스스로 뜯어고칠 셈인가……."

편복이 멍하게 입을 벌렸다.

당하란이 주먹을 꽉 쥐었다.

"그럼 당가는……."

"당가뿐 아니라 강호 전체가 요동칠 것이다. 휩쓸리는 자는 살아남지 못하겠지."

복천 도장이 진자강을 보고 말했다.

"그러나 난세에서도 사람들은 살아가는 법이다. 어쩌면 이것이 네게는 훨씬 더 큰 기회가 될 수도 있겠지. 미리부터 걱정할 필요는 없을 게다. 다만 산동요화가 너무 늦지 않게 나오기만을 바랄 뿐."

진자강이 대답했다.

"걱정하지 않습니다."

"그렇겠지. 네놈이라면."

복천 도장이 코웃음을 쳤다.

"주는 것 없이 정이 안 가는 놈."

복천 도장은 그러더니 운정을 보고 말했다.

"올라가라."

"우와! 저 이제 본산에 가도 되나요?"

"짐 싸라. 우리는 청성산을 떠날 것이다."

운정이 눈을 끔뻑거렸다.

"네?"

운정은 놀라서 되물었다.

"짐을 싸라니요? 청성을 떠난다니요? 사부님, 그게 무슨 말씀이십니까?"

그러나 복천 도장이라고 일일이 설명해 줄 수 있을 정도로 속이 좋지는 않았다.

"시키면 시키는 대로 할 것이지 웬 잔말이 그리 많으냐! 썩 올라가거라!"

편복이 의아해하며 물었다.

"아니, 사력을 다해 항거한다더니……."

"이것이 우리의 항거 방식이오."

하기야 청성산 한곳에 모여 있는 것보다 중원 곳곳에 퍼져 있는 쪽이 상대에겐 더 골치 아프긴 할 것이다.

"그래도 좀……."

"장문 사형이 쓴 문장이니 내겐 더 묻지 마시오. 그리고, 운정이 넌 올라가서 짐 싸라는데 뭘 하는 게냐."

운정이 고개를 떨궜다.

"그럼 작별 인사라도…… 할 수 있게 해 주십시오."

복천 도장도 그것까지 막지는 않았다.

운정이 편복과 진자강에게 인사했다.

"도대체 무슨 일인지 모르겠지만, 저는 사부님의 말씀대로 할 수밖에 없군요. 언젠가 다시 볼 수 있으면 좋겠습니다."

"할 수 없지 뭐. 만남이 있으면 헤어짐이 있고, 헤어짐이 있으면 다시 볼 날도 있겠지."

편복도 그간 운정과 정이 많이 들었기 때문에 아쉬웠으나 보내 줄 수밖에 없었다.

운정은 특히나 소소의 앞에서 머뭇거리며 시간을 끌었다.

"소저…… 몸 건강해요. 혹시나…… 아, 아닙니다. 하면 모두들 잘 있어요!"

뭔가를 더 말하려던 운정이 소리치며 복천 도장에게로 뛰어갔다.

복천 도장도 진자강들에게 한마디를 남겼다.

"당신들도 최대한 빨리 떠나는 게 좋을 것이다. 이제 청성산에는 청성파가 없을 테니."

편복이 용기를 내어 물었다.

"그럼 청성파가 어디에 있다는 거요? 청성파가 사라지는 것이외까?"

"아니. 청성파는 여전히 남아 있을 거요. 청성산에서만 볼 수 없을 뿐, 청성파는 강호 어디에나 있소."

복천 도장과 운정이 떠난 후, 진자강이 복천 도장의 말을 되뇌었다.

"이제 더 이상 청성산에는 청성파가 없다……."

당하란이 말을 받았다.

"대피하는 거야. 아무래도 청성산에 엄청난 위험이 찾아올 모양이야."

편복이 투덜거렸다.

"천하의 청성파가 본진을 두고 튀어? 세상 사람들이 웃겠구나, 에이."

진자강이 물었다.

"청성파가 몸을 피할 정도라면 얼마나 위험하다는 겁니까?"

"정말로 위험이 찾아온 거든가, 아니면 휩쓸리지 않으려고 피하는 것이든가. 청상파의 도사들이야 속세를 등진 이들이 워낙 많으니까 번잡한 걸 싫어한단 말일세."

어느 쪽이든 결코 진자강들에게 좋은 일이 아님은 분명
했다.

"젠장, 우리는 선랑이 나올 때까지 움직일 수도 없는
데……."

그게 가장 문제였다. 이미 나올 때가 지났음에도 나오지
않고 있으니…… 기다리는 이들은 초조해지고 있었다.

\*　　　\*　　　\*

산 아래에서 시위하고 있던 사파인들도 당황스러워했다.

"뭐, 뭐야?"

갑자기 도관에서부터 청상파의 도사들이 쏟아져 나오니
놀라지 않을 수가 없었다.

사파인들이 긴장한 표정을 지으며 무기를 꺼내 들었다.

"이놈들이 드디어 본색을 드러내는구만?"

"우리를 힘으로 몰아내 보려고? 어림도 없다, 이놈들!"

"선랑이 나오시기 전까진 한 발도 물러나지 않는다. 우
릴 시체로 만들어야 들고 나갈 수 있을 것이다!"

모여 있는 사파인들은 삼십여 명. 몇몇은 사천 삼강의 눈
을 피해 들어올 수 있을 만큼 담대하고 무공이 뛰어나다.

가장 앞에 나선 것은 역시나 팔비마걸 구륜이다. 싸움을 좋아할 뿐 아니라 방패를 사용하여 수비에 특화되어 있다. 거칠게 달려오는 적의 예봉을 일순간 꺾어 무디게 만들기에 적당하다.

구륜은 등에 진 등패를 내려 전면으로 세웠다.

"어디 덤벼 봐라!"

사파인들이 단단히 준비하고 내공을 끌어 올리며 대기했다.

그러나 가장 앞서 내려오던 복천 도장이 구륜의 앞에 서더니 말했다.

"걸리적거리니까 비켜."

"뭣이?"

사파인들이 비키지 않자 청성파 제자들은 사파인들을 무시하고 그냥 양옆으로 갈라져서 산을 내려가기 시작했다.

"사백조님, 조심하세요."

"아이고, 산문 내려가는 게 수십 년 만이라…… 많이도 변했네."

어린 제자들은 나이가 많은 도사들을 부축하며 내려가고 건장한 제자들은 이리저리 짐 보따리를 들었다. 대부분이 먼 길을 떠날 때 경전이나 문방사우를 넣는 책궤(冊櫃)를 등에 지고 있었다. 마치 피난민의 행렬 같았다.

사파인들은 어리둥절해서 자신들을 지나쳐 가는 도사들의 행렬을 지켜만 보고 있었다.

화사신녀가 어이없는 얼굴로 물었다.

"이봐요? 무슨 수작이세요?"

복천 도장은 화사신녀의 말을 무시했다. 청성파 제자들과 사파인들의 사이를 가로막고 서서 괜한 분란이 일어나지 않도록 조절할 뿐이었다.

살인귀 인마 감충이 뒷짐을 지고 고개를 갸웃거렸다.

"지진이 났나, 산사태가 났나. 노군정(老君亭)에서 신령한 영수가 뛰쳐나와 도사들을 잡아먹고 있는데 우리만 모르고 있나?"

노군정은 청성산 정상에 자리 잡은 팔각 지붕의 정자다.

벌써 백 명 넘는 숫자의 제자들이 내려갔다. 일부는 사파인들을 쳐다보고 노려보기도 했지만, 대부분은 관심도 두지 않았다.

한데 그중 부축을 받아 내려가던 나이 든 도사가 사파인들을 보고 걸음을 멈췄다.

"저 우매(愚昧)한 것들은 누구인고?"

부축하던 제자가 대답했다.

"동료를 돌려 달라고 온 사파인들인데 신경 쓰실 것 없습니다."

"이놈아, 사람이 그러는 거 아냐. 여기 있으면 다 죽는데 왜 저렇게 내버려 두고 가? 사파는 사람 아니냐? 빨리 동료인지 뭔지도 다 풀어 줘라."

사파인들이 그 말에 반색했다.

"저 노인네가 말한 대로 선량을 풀어 준다면 우리도 더 이상 문제를 일으키지 않고 물러나도록 하겠다."

그러나 말을 하고 나서 생각해 보니 후자가 아니라 전자에 내뱉은 얘기가 왠지 이상하다.

잔풍객이 덥수룩한 수염을 만지며 되물었다.

"여보쇼, 도사 양반. 다 죽는다는 게 무슨 뜻요?"

"혈풍이 불어올 거야. 전화(戰禍)에 주춧돌이라도 남겨 놓으려면 지금이라도 몸을 피하는 게 좋아."

"청성파가 혈풍에 몸을 피한다고? 그 얘기를 우리가 믿을 것 같아? 우릴 뭐로 보고 거짓말을 해!"

노도사가 화를 냈다.

"왜 소리를 질러 이 배워 먹지도 못한 도적놈아! 나 아직 귀 안 먹었어!"

우르르릉.

노도사의 말에는 막대한 내공이 실려 있어서 장내가 한껏 진동했다.

잔풍객도 찔끔 놀라 뒤로 물러섰다.

"이런, 니미럴! 소리를 지를 만한 정력이 있으면 혼자 걸어갈 것이지 왜 부축을 받고 걸어가는 거요. 헷갈렸잖아!"

노도사가 지팡이로 삿대질을 했다.

"내가 기어가든 부축받든 내 정력에 네놈이 보태 준 것도 없는데 무슨 상관이냐!"

"청성파의 말코 도사들 성깔은 하여간……."

이번엔 노도사가 웃었다.

"껄껄껄, 우리 성깔이 다 소문났느냐? 이것 참, 남 부끄럽도다."

화사신녀가 아이를 안고 앞으로 나섰다.

"도사님 도사님, 영험한 도력을 지니신 도사님. 저희를 불쌍하게 여기시와 무슨 일이 벌어지고 있는지 알려 주시면 안 될까요? 저희를 좀 살려 주십시오."

화사신녀의 목소리는 나긋하면서도 애절한 데가 있어서 도무지 대답을 해 주지 않고는 견디기 어려운 부분이 있었다.

그러나 노도사는 혀를 찼다.

"어허, 알고 보니 이거 제 목숨 하나 건사도 못하는 놈들이었구나. 지 목숨은 지가 챙겨야지 누구에게 살려 달래? 에이, 멍청이들. 저런 놈들은 그냥 죽게 내버려 두어야지."

놀리는 것도 아니고 방금까지는 살려 주라더니 또 죽게

내버려 두라고 한다. 사파인들의 얼굴이 붉으락푸르락해졌다. 화사신녀도 앙칼지게 대꾸했다.

"거, 늙다리 도사께서 말이 심하시네요. 니들 목숨만 목숨이고 우리 목숨은 개똥밭을 구르는 구더기만도 못한가요?"

노도사가 왈칵 화를 냈다.

"저저…… 남자 잡아먹게 생긴 요사한 년 헛바닥 놀리는 거 보게? 아무래도 넌 여기서 죽어야 애꿎은 남자들 몇이나마 더 살리겠다."

응애! 응애!

화사신녀가 화를 내며 소리쳤다.

"우리 애가 울잖아요!"

"애가 어디 있다고 지랄이냐, 이년아!"

화사신녀의 얼굴이 새빨개졌다. 말문이 막혀서 말을 잇지 못했다.

"가시죠, 사백조님."

"에이이잉, 하여간 사파 애들은 세월이 수십 년이 지나도 예나 지금이나 버르장머리가 없어."

나이 든 도사는 한껏 욕을 내뱉고 가 버렸다.

사파인들은 화도 나고 어이도 없어서 시비를 걸고 싶었으나, 일단 청성파 제자들이 사파인들을 상대해 주지 않았다. 없는 사람 취급하며 내려가기 바빴다.

잔풍객이 참지 못하고 칼을 힘껏 치켜들었다.

"이 비실비실한 것들이 보자 보자 하니까 사람을 무시하고……! 선랑을 내놓기 전까지는 한 발짝도 못 간……!"

그 순간, 지나가고 있던 모든 청성파의 제자들이 일제히 칼을 뽑았다.

짜라라라랑!

수백 개의 칼이 정광(晶光)을 머금고 햇살에 번쩍거리며 빛났다. 눈이 부셔서 앞이 잘 보이지 않을 정도였다.

"에이, 쌍……."

잔풍객은 마치 도산검림(刀山劍林)의 한가운데에 포위되어 있는 듯한 모양새가 되었다.

팔비마걸 구륜이 잔풍객을 나무랐다.

"그만둬. 홍수에 도망가는 쥐는 궁지에 몰리면 호랑이도 무는 법이야."

잔풍객이 이를 갈며 칼을 내리자, 청성파 제자들도 칼을 수습해 넣고는 아무 일 없었다는 듯 다시 길을 재촉했다.

팔비마걸 구륜이 복천 도장을 불렀다.

"어이. 무슨 일인지 말해 주지 않아도 상관없는데 그럼 선랑은 어찌 되는 거냐. 더 이상 우리의 말을 무시한다면 내 이름을 걸고 장담컨대, 지금부터 죽는 날까지 청성파의 도사 놈들을 찾아다니며 하나하나 목을 다 따 버릴 테니까 그런 줄 알아."

복천 도장이 팔짱을 끼고 구륜을 돌아보았다.

"아주 안전하게 운공 중이니까 걱정 안 하는 게 좋을 거다. 세상에서 가장 믿음직한 사람이 호법을 서는 중이니까. 그러니 네놈들 걱정이나 해. 계속 기다릴 셈이라면 다 뒈지기 전에 선랑이 어서 운공을 끝내고 나오기를 비는 게 좋을 거다."

수많은 청성파 제자들이 거의 다 지나가고 이젠 더 이상 나오지도 않고 있었다. 운정이 짐 보따리를 지고 달려와 복천 도장에게 말했다.

"사부님, 더 이상 경내에 남은 사람이 없습니다."

"그럼 우리도 가자."

복천 도장과 운정이 마지막이었다.

잔풍객이 둘의 앞을 가로막으며 물었다.

"잠깐만! 선랑의 호법을 선 사람이 누구냐!"

복천 도장은 앞길을 가로막힌 데 대해 짜증스럽게 미간을 찌푸렸다.

"네놈들도 잘 알 텐데."

"무암…… 존사……?"

복천 도장과 운정이 잔풍객을 지나쳐 지나갔다. 잔풍객

이 사파인들을 얼이 빠진 얼굴로 돌아보았다.

"청성파 장문인 혼자 남아 있다고 하면 이건 진짜 심각한 거 아냐?"

제대로 된 문파라면 어떤 경우에도 수장은 도망가지 않는다.

수장은 문파에 남은 최후의 보루이며 동시에 책임자다. 평소에 그에게 막대한 권한이 주어지는 것은 그만큼의 책임을 요구하기 때문이다.

그러니까 청성파의 장문인이 남았다는 것은 그가 이미 죽음을 각오하고 있으며, 청성파는 난파되어 침몰하기 직전의 배나 다름이 없다는 뜻이다.

구륜이 인상을 쓰고 방패를 다시 등에 짊어졌다.

"올라가 보자."

사파인들은 청성산의 관문을 통과해 무수한 도관이 자리한 경사진 능선을 따라 올라갔다.

쥐죽은 듯한 고요함이 을씨년스러웠다.

적막했다. 도관은 텅텅 비어 있었다. 아무도 남아 있지 않았다.

"젠장할……."

사파인들은 소름이 끼쳤다.

그렇다고 선랑을 내버려 두고 갈 수도 없었다.

"정말로 선량이 한시라도 빨리 나오기만을 기다릴 수밖에 없는 건가."

사파인들의 얼굴이 어두워졌다.

第五章

순망치한(脣亡齒寒)

진자강과 당하란, 편복과 소소가 봉우리에서 내려왔다.

청성파가 전부 떠난 이상 그 집에 갇혀 지낼 이유가 없었다.

편복이 사파인들을 보고 손을 흔들었다.

"어이들, 왔구만! 얘기는 들었지만 이제야 인사하게 됐네, 그려."

"이게 누구야. 편복 아닌가. 옆에는 소소지?"

편복은 사파인들과 친분이 각별한 듯, 일일이 인사를 나눴다.

"저건 누구야?"

사파인들의 시선이 진자강과 당하란을 향했다.

"유명인이지. 독룡. 그리고 당가의 하란 소저."

말 없는 눈빛이 오갔다.

사파인이 아니면서 사파인의 취급을 받고 있는 독룡과 독룡을 따르다가 쫓겨난 당가의 여식.

기묘한 상황이 아닐 수 없었다.

구륜이 말했다.

"반갑다고 해야 하나. 아니면 이런 상황에 만나서 유감이라고 해야 하나."

진자강이 대답하기도 전에 잔풍객이 저벅저벅 다가와 진자강을 훑어보았다.

"너 강하냐?"

"그게 중요합니까?"

"중요하지. 서열 정리를 해야 하니까."

"그렇습니까?"

진자강은 잔풍객의 위압적인 덩치에도 전혀 밀리지 않고 대답했다.

"그럼 제게 시비를 걸지 않고 내버려 두시면 됩니다. 강한지 아닌지 알게 되는 날이 죽는 날일 텐데, 의미가 있겠습니까?"

"어쭈, 이놈 엄청 세게 나오는데? 근데 오싹해. 거짓말이 아니군? 정말로 꽤 강한 놈들을 여럿 잡은 눈빛이야."

잔풍객이 소름 돋은 팔뚝을 보여 주며 낄낄 웃었다.

인마 감충이 수염을 휘날리며 물었다.

"그런데 편복과 함께 있는 걸 보니 어떤 인연이 있는 건가?"

"선랑께 은혜를 입었습니다."

인마 감충은 배에 양손을 올리고 웃었다.

"뭐, 그거면 족하지. 같은 편이든 아니든 상관없어. 우리는 모두 선랑을 위해 모인 자들이니까."

그러고 나니 잔풍객도 진자강에게서 관심을 거두었다.

화사신녀가 걱정스러운 투로 편복에게 물었다.

"박쥐 영감! 도대체 어떻게 된 거야? 청성파에 무슨 일이 벌어지고 있어?"

"청성산에 무림총연맹의 뇌락검이 오고 있는 중이야."

"뭐어? 그것 때문에 청성파가 피하고 있다고?"

"청성파는 앞으로 큰 환란이 다가올 거라 생각해. 아마도 이 환란에서 아예 옆으로 비껴 나 있을 생각인 게지."

"그럼 우리는?"

"선랑이 나오자마자 바로 둘러업고 튀어야지."

"선랑이 중독돼서 운공 중이라는 게 사실이야?"

중독이라는 말을 하며 당하란 쪽을 쳐다보는 화사신녀였

다. 화사신녀는 당하란과 눈이 마주치자 배시시 웃었지만, 눈초리에 붉게 살기가 어려 있었다.

"맞아. 하지만 선랑을 저리 만든 건 당가가 아니라 묵룡이야. 어…… 그리고 이상하게 들리겠지만 무림맹주를 암살하려던 자이기도 하고."

사파인들이 수군거렸다.

"뭐야, 그게."

"무림맹주를 암살하려던 놈이 선랑을 해쳤는데 왜 무림 총연맹은 청성파를 물고 늘어져? 앞뒤가 안 맞잖아."

편복이 어깨를 으쓱했다.

"그냥 건수 잡은 거지. 일단 건수가 생기면 막 죄를 뒤집 어씌우는 게 그쪽의 특기잖아."

"그건 그러네."

얼굴에 칼자국이 난 한 명이 편복에게 물었다.

"아니, 그럼 선랑이 위험한 상황에 있는 것도 아닌 데 우린 왜 부른 거야?"

편복이 의아해했다.

"부르긴 누가 불러. 우린 저 위에 내내 있었는데."

그 순간 분위기가 싸해졌다.

인마 감충이 껄껄 웃었다.

"이거야 원. 어떤 놈들이 우리 산동 친구들을 감히 이용해 먹으려 드는구면? 어떤 놈이 그리 간덩이가 부었을까? 찾아서 꼭 산 채로 생간을 꺼내 봐야 직성이 풀리겠는걸."

잔풍객이 욕설을 내뱉었다.

"망할. 어쩐지 사천에 들어오는 게 이상하리만치 쉽다 했더니 사천 삼강 놈들이 다 짜고 치는 중이었다는 거잖아. 청성파 도사 놈들이 튄 것도 이제 이해가 되네."

구륜은 갑자기 자리에 앉더니 등패를 꺼내서 등패에 기름을 먹이기 시작했다.

전투를 대비하는 것이다.

"편복. 선랑이 해코지를 당하지 않고 운공 중인 건 확실하겠지?"

"확실해."

"그럼 다들 준비해. 조만간 뇌락검과 한판 해야 할 거야."

화사신녀가 당하란을 쳐다보고 물었다.

"그런데 아가씨는 누구 편을 들 생각이지? 확실히 입장을 정해 줬으면 좋겠는데."

당하란에게 이목이 쏠렸다. 당하란은 언젠가 이런 순간이 찾아올 걸 알고 있었다.

"나는 이 사람이 하자는 대로 따를 생각이야."

아직 사파인들과 말을 섞는 게 불편한지 말투가 어색했다.

화사신녀가 진자강을 쳐다보았다. '그럼 당신은?' 하고
묻는 표정이었다.

"선랑의 운공이 끝날 때까지는 돕겠습니다."

잔풍객이 다시 물었다.

"너 진짜 진지하게 묻는 건데, 그럴 만큼 강하냐? 아까
보니까 발도 절던데."

진자강은 그냥 조용히 웃기만 했다. 잔풍객이 투덜거렸
다.

"쳇, 무게 엄청 잡는 놈이네. 너랑 나랑 친해질 일은 아
마 절대로! 없을 거다."

*       *       *

뇌락검 엽진경은 사십 인의 백호지황각 무사들을 이끌고
기세등등하게 사천으로 들어섰다. 그 뒤로 귀주 지부의 이
백 검호단이 뒤따르고 있었다.

그러나 사천에 발을 디딘 순간, 두 무리가 좌우에서 뇌락
검 엽진경을 기다리고 있었다.

한 무리는 녹장포를 입은 당가.

또 한 무리는 승복을 입은 아미파다.

엽진경이 무사들을 멈추게 한 후 앞으로 나섰다. 엽진경

은 오십 대의 나이로 키가 크고 넓은 어깨를 가진 무인이었다. 등에는 본인의 키만 한 대검을 지고 있었다.

"본인은 엽진경이오. 사천 삼강 중의 이강이 본인을 환영하기 위해 나와 주었으니 실로 감사하구려."

당가에서 나온 것은 탈혼방 방주 당상율이었다. 당상율이 포권하며 인사했다.

"별말씀을. 주인이 손님을 맞는 것은 당연한 예의가 아니겠소이까."

스스로 주인이라고 말한 것에서 이미 마중을 나온 의도가 느껴지는 부분이었다. 같은 무림총연맹의 소속이지만 사천에서는 자신들이 왕이라는 점을 드러내고 있었다.

아미파에서는 정요가 나왔다.

"아미타불. 미력한 힘이나마 보태기 위해 나왔으니 너무 부족하다 질책하지 말아 주셨으면 합니다."

아미파도 당가와 마찬가지다. 말이 힘을 보탠다는 것이지, 감시자나 다름이 없다. 사천에서 행동하려면 자신의 통제하에 있어야 하지 않겠느냐고 넌지시 이르고 있었다.

엽진경은 형산파의 소속이지만 무림총연맹에서 뼈가 굵은 무인이다. 복마전(伏魔殿)인 무림총연맹에서 양대 전투조인 백호지황각의 각주까지 올랐으니 눈치가 없지 않다.

엽진경은 슬쩍 코웃음을 쳤다.

"힘이 필요했다면 사전에 연락을 하였을 것이오. 두 분의 마음만 감사하게 받겠소."

당상율이 손을 저었다.

"아니외다. 어찌 마음만으로 생색을 낼 수 있겠소이까. 듣자 하니 청성파에는 산동 사파인들까지 몰려와 있다고 하더이다. 작은 손이나마 필요할 것이오."

"산동 사파 같은 떨거지 정도로 본인의 앞길을 막을 순 없소이다. 시급을 다투는 일이니 이만 길을 내주시면 고맙겠소."

"하하, 누가 들으면 당가대원이 대협의 앞길을 막고 있는 줄 알겠습니다. 내민 손을 마다하시니 부끄럽기 짝이 없소이다. 하나 무림총연맹의 행사이니, 대의를 위해 이만 물러나도록 하겠소이다."

교묘한 언행이었다. 앞으로 일어나는 일에 일절 책임을 지지 않겠다고 발을 빼면서, 무림총연맹의 행사를 위해 물러난다고 단서를 달아 빚까지 지게 했다.

정요도 조곤조곤한 투로 되물으며 확인했다.

"정말 괜찮으시겠습니까? 사천은 의외로 험합니다."

언뜻 협박으로까지 들린다.

엽진경은 이런 곳에서 신경전을 하고 시간을 끌고 싶은 마음이 없었다. 청성파로 가서 장문인과 담판을 짓든 압송하든 해야 한다. 대번에 정요의 말을 잘랐다.

"사천 무림의 텃세가 대단하다고 들었는데 이 정도로 물러나 주어 고맙소이다."

곧 당가와 아미파가 양옆으로 물러났다.

"그럼."

엽진경이 마지막으로 포권하고 그들을 지나쳐 갔다.

사십의 백호지황각과 이백의 검호단까지 지나간 후에 정요가 한숨을 쉬며 말했다.

"사천에서의 일이니 당연히 우리에게 협조를 요청했어야 하거늘. 이번 무림총연맹의 일 처리는 매우 마음에 들지 않습니다. 장문께서는 청성파의 일에 우리가 나서지 않으면 순망치한이 될 거라 말씀하시더군요."

당상율이 조소를 지었다.

"순망치한이라는 말이 딱 어울리는구려. 청성파를 시작으로 우리 사천 삼강을 차례로 와해할 생각인 거외다. 사천 무림을 노리고 있는 거지. 바보들, 우리가 순순히 당할 줄 알아?"

*　　　*　　　*

뇌락검 엽진경은 빠르게 청성산으로 이동했다.

'구주육천(九州六天)을 재편성한다.'

그것이 맹주의 생각임을 읽고 있었다.

구주육천!

당금의 무림에서 일정 부분 세력을 구축한 여섯 군데를 일컫는 말이다.

강서성에 본단을 둔 무림총연맹.

당가, 아미파, 청성파를 주축으로 하는 사천 무림.

무림총연맹에 의해 중원에서 북쪽으로 밀려난 사파 연합 북천(北天).

운남의 서쪽에 자리한 서장 마교.

여의선랑이 이끄는 산동 사파.

장강 유역의 문파들이 모여 만든 장강검문(長江劍門).

그러나 무림총연맹이 강호 무림의 칠 할 이상을 차지하고 있는 탓에, 실제로 나머지는 숨죽여 몸을 사리고 있거나 무림총연맹에 가입한 일부 분파 정도로 취급되는 수준에 불과했다.

사천 무림이나 장강검문만 해도 무림총연맹에 가입된 문파가 대부분이었다.

그러니 더 이상 잡아먹을 먹잇감이 없을 수밖에.

때문에, 맹주 해월 진인이 어떤 식으로 무림을 재편하려는지 모르나 엽진경은 그의 생각에 찬성했다.

생존이야말로 무인의 본능이며 당연한 경쟁이었다. 그 장소와 상황을 제공해 준다면 얼마든지 날뛰어 줄 생각이 있었다.

이를테면 그 역시 청룡대검각을 누르고 금강천검 백리중을 자신의 아래로 넘어설 생각을 갖고 있었다. 명문가도 아닌 백리중이 대협객이라는 칭송을 들으며 형산파의 제자인 자신과 같은 취급을 받는 것은 결코 기분 좋은 일이 아니었다.

이번 일은 백호지황각이 청룡대검각을 넘어설 수 있는 가장 좋은 기회였다.


엽진경은 단 며칠 만에 청성산의 산문에 도착했다.

뜻밖에도 산문에는 청수한 외모의 도사 한 명이 나와 있었다.

도사가 극진한 태도로 허리를 숙였다.

"원시천존. 장문께서 기다리고 계십니다."

"듣던 것과는 전혀 다른 태도군."

사파도 보이지 않았다. 백호지황각이 온다는 소식에 물러났거나 청성파에서 치웠을 수도 있었다.

"저는 그저 심부름만 할 뿐입니다."

엽진경이 이끌고 온 무사들과 함께 막 산문을 오르려 하자, 도사가 난감한 표정을 지었다.

"수백 명의 무사가 전부 가실 필요는 없지 않습니까? 저희 청성파의 체면도 있고…….."

무장한 무사들이 본산을 오르는 것은 점령군이나 취할 태도이다.

괜히 다른 문파의 산문 입구에 무기를 두고 올라야 한다는 해검지니 하는 곳들이 있는 게 아니다.

특히나 상대가 이렇게 순순히 나온다면 도교의 성지라 불리는 청성파이니만큼 적당히 존중할 필요가 있다.

그러나 엽진경은 다른 부분에서 의혹을 느꼈다.

'저희 청성파?'

방금의 도사가 '저희 청성파의 체면도 있고'라 말한 부분이 귀에 거슬린 것이다.

백도 문파 중에서 유서 깊은 거대 문파들은 거의 대부분이라고 해도 좋을 정도로 자파를 소개할 때 문(門)과 파(派)를 붙이지 않는다.

소림사 같은 경우도 특별히 사찰로서 행사를 진행할 때에만 사(寺) 자를 붙여 말한다. 강호에서는 소림사를 모르는 사람이 없을진대 굳이 '우리 소림사는…….' 하고 말하지 않는다.

무당파도 화산파도, 청성파도 마찬가지다. 도가의 유파(流派)를 의미하는 파(派)자를 굳이 붙여 말하지 않는다.

물론 사람이니 말실수가 있을 수도 있긴 할 것이다.

하나 지금처럼 예민한 때에는 그런 말실수 하나도 크게 들리는 법이다.

"흐음."

엽진경은 콧숨 소리를 내며 입꼬리를 살짝 들어 웃었다.

엽진경이 눈앞의 도사를 위아래로 훑어보았다.

눈앞의 도사는 여자만큼이나 외모가 곱상하고 예의가 바르지만, 중요한 손님을 맞이하는 자리에서 청성파를 대변할 만큼의 품격은 있어 보이지 않는다.

거대 문파의 자존심이라는 것은 생각보다 강박적이기 때문에 중소 문파나 일반인들은 이해하기 어려운 부분이 있다.

이런 도사를 내보낸 것은 아마도 무암 존사의 실수거나 혹은 엽진경을 우습게 보고 있는 것이거나, 그것도 아니면…….

잠시 생각하던 엽진경이 결정했다.

"너희들은 여기서 기다리거라."

엽진경은 스무 명의 백호지황각 무사들만 데리고 산문을 오르기로 했다. 나머지 인원은 부각주에게 지휘를 맡겨 두었다.

도사를 따라 산문을 오르는 엽진경의 표정에는 흥미로운 미소가 어렸다. 그것은 '어디 네놈들이 무슨 꿍꿍이인지 보자.'는 투의 조소가 역력했다.

"다리가 불편한가?"

앞서 가는 도사가 다리를 절고 있었다.

물론 다리를 전다고 해서 걷는 속도가 느린 것은 아니다. 당연하겠지만 오히려 일반인보다 훨씬 빨랐다.

"예."

"오르내리려면 고생이 많겠군."

"괜찮습니다. 익숙해서."

산문은 매우 조용했고, 오르는 내내 별다른 낌새도 보이지 않았다.

그러나 막상 청성파의 도관들이 자리한 경내로 들어선 순간, 엽진경은 확실히 뭔가 잘못되었다는 걸 깨달았다.

수없이 보여야 할 사람들이 보이지 않는다. 향객은 물론이고 청성파의 도사들 역시 코빼기도 비치지 않는다. 오십 개가 넘는 전각을 지나는 동안 단 한 사람도 보이지 않는다는 것은 확실히 기묘한 일이다.

"이쪽입니다."

젊은 도사는 아랑곳하지 않고 계속해서 엽진경을 안내했다.

널찍한 계단 앞에 두 마리의 영수 동상이 좌우로 세워진 상청궁의 입구가 나타났다.

상청궁 입구의 양옆으로도 복도처럼 둥근 입구가 생겨

있는데 좌측은 요대궐(瑤臺闕), 우측은 전설 속의 곤륜산 속 선인 거처를 의미하는 현포문(玄圃門)이다.

젊은 도사가 계단 아래에서 상청궁 안을 가리켰다.

엽진경이 계단을 올라 상청궁의 입구로 들어서고 백호지황각의 스무 무사들이 함께 따라가려 하는데, 도사가 제지했다.

"다른 분들은 안 됩니다."

백호지황각의 무사들이 형형한 눈빛을 빛내며 도사를 노려보았다. 한 명 한 명이 상당한 실력이라 투기를 쏘아 낼 수 있을 정도다. 보통 사람이 보면 다리가 후들거릴 텐데도 도사는 담담한 표정으로 투기를 전부 받아 냈다.

엽진경이 멈춰 서서 고개를 돌려 젊은 도사를 빤히 바라보았다.

"무슨 수작이냐?"

젊은 도사가 왜 그러냐는 투로 쳐다보았다.

"무슨 수작을 부리느냐고 물었다. 본인의 인내심은 그리 길지 못하단다."

젊은 도사가 말했다.

"조금만 더 인내심을 발휘하시면 됩니다. 원하시는 건 바로 그 앞에 있습니다."

"네놈, 청성파의 문하(門下)가 아니구나."

"그렇습니다."

"네놈은 누구냐."

"진자강이라고 합니다."

엽진경이 탄성을 냈다.

"아아, 독룡. 그 독룡이란 말이지."

엽진경은 고개를 끄덕대더니 안으로 들어가며 백호지황 각의 무사들에게 한마디의 명령을 남겼다.

"그놈을 죽여라."

백호지황각의 무사들이 곧바로 칼을 뽑아 들었다.

독룡!

강호에서 독룡이란 별호가 주는 무게는 이제 결코 가볍지 않다.

그래서 더욱 신경을 곤추세운 것이다.

진자강이 탄식하듯 말했다.

"의문을 갖지 않는다. 명령이 떨어지면 이유불문. 살육도 마다하지 않는다⋯⋯ 그런 당신들에게 정파가 어떤 의미가 있습니까? 사파와 다를 바가 무엇입니까?"

백호지황각의 무사들은 웃지도 조소하지도 않았다. 바로 명령을 이행할 생각인지 내공을 끌어 올려 칼끝이 푸르스름한 빛을 뿜어 댔다.

"닥쳐라, 독룡. 그간 네놈이 한 짓을 보면 네놈은 죽어

마땅하다."

진자강도 한 모금의 호흡으로 진기의 흐름을 촉발시켜서 내공을 일으켰다. 기혈이 터질 듯 말 듯 울긋불긋하게 부풀어 오르기 시작했다.

"본래 나는 당신들을 저 안으로 들여보내지 않고 막으려고만 하였습니다. 그러나 나를 죽일 생각이라면⋯⋯."

백호지황각 무사들 중 한 명이 말했다.

"독룡. 허튼 말로 우릴 현혹시키려 해도 소용없다."

"현혹하려는 건 아닙니다. 그저 알려 드리려는 겁니다."

진자강이 백호지황각 무사들의 발아래를 눈짓했다.

"무림총연맹에서 둘째가는 전투조라는 당신들을 상대로 그냥 나서지는 않았다는 걸 말입니다. 당신들의 발아래에 궐채를 좀 묻었습니다."

그 말에 백호지황각 무사들의 표정이 급변했다.

"궐채? 고사리?"

그러나 정작 화가 난 부분은 다른 데였다.

"감히 우릴 둘째라고 불렀느냐?"

"건방진⋯⋯!"

진자강의 얼굴에 살기가 어렸다.

"상관없지 않습니까. 둘째든 첫째든 죽고 나면."

백호지황각 무사들의 눈에도 살기가 잔뜩 피어올랐다.

"죽어라, 독룡!"

백호지황각 무사들이 기민하게 움직이며 진을 구성하기 시작했다.

$$* \qquad * \qquad *$$

엽진경은 상청궁의 입구와 좁은 길을 통과해 안쪽 마당에 들어섰다.

역시나 도사들은 온데간데없고 사파인들만이 그 자리에서 기다리고 있었다.

특히나 가장 앞에서 등패를 짊어진 자는 엽진경도 모를 수가 없었다.

팔비마걸 구륜.

그리고 그 양옆으로 인마 감충이 함께 서 있었다.

"껄껄. 그것 봐. 내 말이 맞지? 슬슬 자존심을 긁어 주면 혼자서 지옥 불에라도 뛰어들 거라니까."

엽진경이 피식 웃었다.

"내가 네깟 놈들을 상대로 자존심을 세울 필요나 있겠느냐?"

감충이 배에 손을 올리고 껄껄 웃었다.

"그럼 자존심도 안 세웠는데 함정에 고스란히 걸려 주

었으니 우리 쪽에서 인사를 해야겠군? 함정에 걸려 주셔서 감사합니다, 하고."

엽진경이 눈살을 찌푸리며 물었다.

"청성파의 도사들은 어디에 있지?"

팔비마걸 구륜이 조소를 지으며 대답했다.

"소식 못 들었나? 튄 지 오래야. 사천 바닥에 소문이 짜하게 났는데 댁들만 모르나 봐?"

엽진경의 눈썹이 꿈틀거렸다.

"이것들이⋯⋯."

그것은 팔비마걸 구륜에게 한 말이 아니었다.

사천의 입구에서 만난 당가와 아미파를 두고 한 말이었다.

사천에서 벌어진 일을 그들이 모를 리 없었다. 그러나 자신들에게 올 정보를 전부 차단하고, 심지어 한마디 언질도 해 주지 않았던 것이다.

"아무래도 나를 이곳까지 헛걸음하게 만든 대가를 치르게 만들어야 할 건⋯⋯ 네놈들뿐만은 아닌 것 같군."

감충이 또다시 웃었다.

"내게 참으로 기가 막히게 좋은 생각이 있는데 특별히 알려 주겠소이다. 분란을 원치 않으면 그냥 죽여 버리면 되오. 닥치는 대로 죽여 버리면 되는 거지. 그럼 당신이나 우리나 대동소이한 꼴이 되는 거야. 원래 세상은 돌고 도는 법이니까…….."

중간에 끼어든 건 엽진경이 아니라 구륜이었다.

"정신 사나우니까 방해 말고 꺼져."

"어이쿠. 내가 너무 말이 많았나."

"여긴 나 혼자서도 충분해. 자넨 앞마당에 가서 애송이나 도와. 아무리 애송이라도 백호지황각 스물을 상대로 오래 버티긴 힘들 거야."

"에이잉, 그놈은 자기 혼자 잘할 거라고 하는데 무슨 걱정이야. 알아서 하겠지. 난 구경이나 좀 하겠네."

"꺼지라니까. 뇌락검에 바람구멍 나고 싶지 않으면."

구륜은 자신의 검이 아니라 뇌락검이라고 했다. 그 말의 의미를 감충도 알아들었다.

"하여간 싸움터에서만 있던 친구라 입이 너무 걸다니까. 난 그럼 이만 가 보겠소."

엽진경이 번개처럼 검을 뽑아서 감충에게 날렸다.

발검과 동시에 발을 박차고 몸을 날려 검기를 뿌리는데, 눈 한 번 깜빡할 시간도 채 걸리지 않았다. 일련의 동작이 자연스럽고 쾌속해서 갑자기 감충의 앞으로 바람이 부는 것처럼 보였다.

그러나 동시에 구륜의 몸이 옆으로 이동했다. 구륜은 등패를 내밀어 엽진경의 검을 막았다.

콰아앙!

감충의 바로 앞에서 폭음이 울리며 돌이 비산했다. 감충은 과장된 게 아니라 정말로 놀라서 발을 뗐다.

"어이쿠, 뜨거워!"

기이하게도 바닥에 패인 자국에는 시커멓게 탄 흔적이 남아 있었다. 횃불로 지진 듯했다.

엽진경이 펄쩍 뛰어 뒤로 물러섰다.

그의 눈빛이 한층 신중해졌다.

"기이한 사술을 쓰는군."

구륜은 감충의 앞을 막고서 내밀었던 등패를 내렸다. 등패에서도 살짝이 김이 피어오르고 있었다.

구륜의 입가에 다시금 비릿한 웃음이 어렸다.

"그저 제 놈들 눈에 처음 보는 방법은 죄다 사술이지? 이건 전장에서 흔하게 볼 수 있는 방패술일 뿐이야. 변방을 지키는 우리 같은 병졸들 덕분에 안락하게 강호에서 칼 장난이나 하던 놈들에겐 생소하겠지."

"흥."

엽진경이 다시금 검을 뽑아 날렸다. 구륜이 등패를 앞으로 내세우고 등패를 엮은 등나무 줄기의 틈 사이로 엽진경의 검을 보았다.

타타탁!

등패에 여러 번 검이 들이닥쳤다. 그러다가 엽진경이 힘주어 강하게 친 순간, 구륜이 등패를 미세하게 틀어줘었다.

엽진경의 검이 등패의 오목한 부딪치는가 싶더니 그대로 미끄러져서 궤적이 옆으로 비껴 나갔다.

쾅!

빗겨 난 검에서 뿜어진 검기가 바닥을 쳤다. 바닥이 시커멓게 타고 연기가 피어올랐다.

뇌락(雷烙)이라는 말 그대로 바닥을 번개로 지진 듯했다.

엽진경은 자세를 바로잡기 위해 곧바로 검을 회수하며 몸을 띄워 회전시켰다.

감충이 슬쩍 발을 뺐다.

"그럼 본인은 이만."

엽진경이 바로 손을 뻗었다.

"어딜 가느냐."

형산파의 장법인 쾌풍장(快風掌)이다. 강맹한 위력의 장력이 날아갔다. 구륜이 다시 옆으로 이동하며 등패로 장력을 막았다. 아니, 막았다기보다는 맞는 순간 비틀어서 장력을 위로 비껴 내 버렸다.

펑!

튕겨 간 장력이 상청궁의 지붕에 맞고 기왓장을 박살냈다.

후두두둑.

부서진 기와 조각들이 아래로 떨어졌다. 엽진경이 몸을 띄워서 기와 조각들을 잡아 던졌다.

구륜은 등패로 기와 조각들을 전부 막고 튕겨 냈다. 방패로 튕기는 수법은 확실히 이름이 난 만큼 고명하기 그지없었다. 일부의 기와 조각들은 되튕겨져서 다른 기와 조각과 부딪치거나 엽진경에게로 다시 날아가기도 했다.

"빨리 꺼지라고. 방해되잖아."

"알았다니까?"

엽진경은 감충이 상청궁 밖으로 달아나는 걸 지켜볼 수밖에 없었다.

"확실히 팔비마걸의 명성이 헛되진 않군. 하지만 언제까지 막고 시간만 끌 생각이지?"

"방해하는 놈이 없을 때까지?"

구륜이 몸을 뒤로 빼더니 힘을 실어 앞으로 쇄도했다.

훅!

군문(軍門)의 무공이어서 일반적인 강호의 무공과는 상당히 궤가 달랐다. 엽진경이 달려드는 구륜을 향해 쾌풍장을 날렸다. 구륜이 등패로 장력을 비껴 내면서 등패 끝으로 엽진경의 어깨를 찍었다. 엽진경이 등패의 둥근 모서리를 팔뚝으로 막았다.

그런데 순간 엽진경과 구륜의 눈빛이 교차되었다.

"……!"

파팟!

등패의 모서리에서 칼날이 튀어나왔다. 동시에 엽진경이 팔뚝을 떼었다. 아슬아슬한 차이로 엽진경의 팔소매가 잘려 나갔다.

"잔재주!"

엽진경은 제자리에서 그대로 거꾸로 돌아 뛰어서 자신의 머리 너머로 발을 올려 찼다. 등패에 엽진경의 발이 틀어박혔다.

팡!

엽진경은 바닥을 손으로 짚으며 연거푸 등패를 걷어찼다.

펑! 퍼퍼펑!

등패를 엮은 등나무 줄기의 탄성이 엽진경이 뿜어내는 충격을 흡수해 내고 있었다.

그러다 어느 순간 엽진경의 발이 등패에 미끄러지며 바닥의 판석을 부수고 발목까지 땅에 틀어박혔다. 엽진경이 의도한 바가 아니었다. 구륜이 엽진경의 발차기를 빗나가게 하면서 거기에 자신의 내공을 더해 바닥에 박히게 만든 것이다.

엽진경이 엇? 하고 놀란 사이에 구륜이 바닥을 구르며 등패 안에 숨긴 단도로 엽진경의 정강이를 그었다. 엽진경은 자신의 검을 바닥에 찍어서 단도를 막고 발을 빼냈다.

구륜이 비웃음을 날렸다.

"잔재주 아니라니까?"

엽진경이 몸을 뒤로 피해 구륜을 노려보았다.

그러더니 잠시 생각하다가 입꼬리를 들어 올렸다.

"뭔가 했더니 결국은 붕리(掤履)였군. 전장에서 흔하게 볼 수 있다는 둥 지껄이더니 결국 무당파에서 흘러나온 수법이 아닌가. 운이 좋아 어디서 한두 수 얻어 배워 가지고 허세나 부리는 꼴이라니!"

붕은 상대의 공격을 위로 흘려보내 중심을 흐트러뜨리는 수법이고 리는 아래로 흘리는 무당파 태극권의 묘리다.

구륜의 표정이 일그러졌다. 그는 대장군으로부터 무공을 사사했다. 그의 무공을 조롱하는 것은 그가 가장 존경하는 대장군을 욕보이는 것과 마찬가지다.

"그럼 어디 날 쓰러뜨리고 무암 존사를 잡으러 가 보시든가?"

그 말에 엽진경의 눈빛이 아까보다 더 날카로워졌다.

"무암 존사는 남아 있던가? 하면 널 죽여야 할 이유가 한 가지 더 늘었군."

엽진경은 기세를 가다듬고 검을 곧추세웠다.

치칙, 검 끝에서 타는 냄새와 함께 가는 연기가 피어올랐다.

"매 순간, 매번, 매 일초마다 네놈은 최선을 다해야 할 것이다."

엽진경이 평범한 검초로 검을 뻗기 시작했다. 구륜은 정면으로 검을 막아 보았다.

펑!

엽진경은 마치 망치처럼 검으로 등패를 두드리기가 무섭게 바로 뺐다. 등패에서 연기가 피어오르며 구륜의 몸이 흔들렸다. 등패가 뇌락검에 지져져서 꺼멓게 그을렸다.

"쳇."

구륜이 아니라 등패를 노린 검초였다. 기름을 먹인 등패를 뇌락검으로 계속해서 두드리면 불이 붙을 수도 있다.

붕리로 흘리든가 아니면 막다가 등패를 태워 먹든가 결정하라는 뜻이다.

"내 등패가 그리 거슬리더냐?"

구륜은 등나무의 틈으로 검이 떨어지는 순간 붕으로 흘렸다.

슥.

엽진경의 검이 살짝 위로 흘렀다. 분명히 제대로 흘려 냈다. 그런데 엽진경은 전혀 자세의 흐트러짐 없이 검을 회수했다.

"어이어이."

어처구니가 없어진 구륜의 목소리였다. 의도했던 만큼 검이 많이 비껴 나가지 않아서 이상하다 생각했는데, 그 이유를 금세 깨달았다.

찰나에 검을 쥐고 있는 엽진경의 손이 무수한 변화를 일으키는 걸 본 것이다.

엽진경이 다시 검을 고쳐 쥐며 말했다. 검지로 검병을 누르고 있다가 중지로 바꾸었다가, 검 손잡이를 흘리듯이 엄지와 손바닥으로만 잡고 있기도 한다.

"악검십법(握劍十法). 우리 형산의 파지법이다."

"이야, 재밌는 잔재준데?"

내려치는 검초는 단순한데 파지법을 수시로 변화시켜서 검 자체의 무게 중심을 변화무쌍하게 만든다. 구륜이 그에 맞춰서 붕리를 제대로 펼치지 못하면 등패가 갈리거나 점점 타서 분쇄될 것이다.

그야말로 검공의 고수만이 할 수 있는 방법.

"어느 쪽이 잔재주인지 해 보면 알겠지."

엽진경은 즐거운 표정을 지었다.

"그래. 어디 해 보자. 오늘 뇌락검이나 나 팔비마걸이나 둘 중 하나는 누군가의 발밑에서 기는 거다."

"간다."

엽진경이 나지막이 읊조리며 검을 휘둘렀다. 아까와 똑같은 궤적. 그러나 검을 내려치는 그 짧은 사이에도 세 번이나 파지법이 변한다.

커다란 신체 동작이 아니라 아주 미세한 무게 중심의 싸움.

고수들만이 가능한 싸움이었다.

구륜은 온몸의 신경을 곤두세우고 집중하여 등패에 검이 닿는 순간 힘의 흐름을 느끼고 붕리를 시전했다.

사앗! 사사앗!

엽진경은 계속해서 검을 휘둘렀다. 검과 등패가 수십 번이나 부딪치는데 그중 단 한 번도 격타음이 들리지 않았다. 검이 등패를 미끄러지듯이 치며 삭삭 하는 마찰음만이 조용하게 울릴 뿐이었다.

*　　　*　　　*

진자강은 합격진에 대해 자세히 알지는 못하지만 이미 제갈가의 팔괘진을 경험한 바 있다. 백호지황각의 무사들이 뿜어내는 기세를 민감하게 느꼈다.

두 명이 한 조를 이루면 두 배가 되어야 할 기세가 두 배

반이 되고, 세 명이 한 조를 이루면 세 배가 되어야 할 기세
가 다섯 배로 느껴진다.

'하지만 진을 전부 구성할 시간은 없을 거다.'

진자강이 앞으로 다가서자 삼인합격진을 구성한 한 조가
품(品)자 형태로 진자강을 막아섰다.

백호중기세(白虎重氣勢)!

그 틈에 다른 무사들이 진자강의 좌우, 배후로 돌아와 포
위하려 했다.

진자강은 내공을 끌어 올리고 바닥의 반석을 힘껏 발로
밟았다.

팍!

반석이 기우뚱하게 들리면서 안에 숨겨져 있던 침들이
튀어 올랐다. 궐채의 독을 발라 미리 심어 두었던 침이다.
진자강이 침을 쥐고 사방으로 던졌다.

비선십이지!

침들이 곡선을 그리며 여기저기로 날아갔다.

진자강은 세 개의 둑을 쌓았고, 태청신단으로 둑이 넘칠
정도로 내공을 가득 채워 놓았다. 비선십이지의 성취가 이
전과는 다르다.

각각의 침들은 최소 다섯 번 이상씩의 곡선을 그리며 눈
을 현혹시켰다.

삼인합격진을 이루고 있는 셋 중에 두 명씩이 방어를 전담했다. 무림총연맹을 대표하는 전투조답게 각각의 무사들도 무공이 낮지 않다. 무사들은 자신들에게 날아오는 침을 검으로 대부분 쳐 냈다.

채채챙!

하나 몇 개는 놓쳐서 한 명이 맞았다.

맞은 이의 표정이 묘했다. 그것은 마치 '왜 맞았지?' 하는 표정이었다. 충분히 쳐 낼 수 있는 암기였다.

진자강은 다시 옆쪽의 반석을 밟아 침을 띄워 올렸다. 쉬지 않고 침을 잡아 던졌다. 그리고 이번엔 중간중간에 섬절을 함께 뿌렸다.

백호지황각의 무사들에겐 느릿하고 완곡한 포물선을 그리는 비선십이지의 침 사이에 섬절의 침이 갑자기 나타난 것처럼 보일 터였다.

번쩍!

정신을 차리고 보면 한순간에 이미 침이 눈앞에 다가와 있는 것이다.

하지만 백호지황각 무사들은 섬절마저도 피하거나 막아 냈다. 개개인의 실력이 가히 중소 문파의 뛰어난 후기지수급이었다.

한데 그 와중에도 한 명이 섬절을 맞고 무릎을 꿇었다.

"큭!"

얼굴로 날아오는 섬절을 피하다가 뺨에 침을 맞은 무사는 어이없다는 표정이었다.

뒤쪽의 무사들이 당한 무사를 끌어내고 재빨리 진을 채웠다.

동시에 나머지 무사들은 진자강과의 간격을 좁히며 빠르게 잰걸음으로 다가와 암기를 던질 거리를 없애 버렸다. 대단한 대응이었다.

진자강에게 전면의 무사들이 검을 찔러 왔다.

백호충격(白虎衝激)!

백호중기세의 합격진에서 베기 없이 찌르기만 사용하여 진의 구성원 간에 방해가 되지 않고 면적당 공격 숫자는 높이는 검초다.

진자강은 다시 한 모금의 호흡으로 내공을 촉발시켜 몸을 비틀었다. 코와 겨드랑이, 양다리 사이로 검들이 스쳐 지나갔다.

무사들의 표정이 살짝 굳었다. 분명히 제대로 찌른 것 같은데 왠지 동작이 좀 늦었다. 백호충격의 촘촘한 검초는 몸을 틀어서 피한다고 피할 수 있는 게 아니다.

양옆에서 진자강의 발아래와 옆구리로도 검을 찔러 왔다. 진자강이 몸을 띄워 팽그르르 회전시켰다. 뒤쪽의 무사

둘이 앞선 무사들의 등을 밟고 뛰어올라 위에서 아래로 검을 찔러 왔다.

진자강은 신법을 이용해 공중으로 뜬 상태에서 열 손가락에 여덟 개의 침을 꽂고 전후좌우로 동시에 던졌다.

파파팟!

무사들은 서로가 너무 가까이 있어서 칼로 침을 쳐 내는 게 방해되자, 역수도로 검을 거꾸로 들고 좌우로 흔들어 침을 쳐 냈다. 동시에 발을 박차고 뒤로 물러나 흐트러진 전열을 정비했다. 하나 이번에도 한 명은 암기를 맞고 무릎을 꿇었다. 분명히 피할 수 있는 암기였는데 도무지 이해할 수 없게도 맞은 자가 생겨난 것이다.

뒤의 무사가 바로 빈자리를 채우며 다시 거리를 좁혔다.

위에서 뛰어내린 무사 둘이 진자강의 머리와 배를 찍어 왔다. 진자강이 공중에서 몸을 틀자, 검이 진자강의 어깨 옷과 소매를 관통하고 아슬아슬하게 지나갔다. 두 무사는 몸으로 진자강을 눌러서 바닥까지 눌렀다.

쿠웅!

진자강은 허공에서 두 무사의 몸에 눌려 바닥에 떨어졌다. 무사들은 팔꿈치로 진자강의 머리를 누르고 무릎으로 허벅지를 눌러 움직이지 못하게 했다.

하지만 그때에 이미 진자강은 한 무사의 목에 침을 박고 오른쪽 무사의 얼굴은 손바닥을 펼쳐서 꽉 잡고 있었다.

작열쌍린장!

퍼어엉!

무사의 얼굴에서 양강의 기운이 폭발했다. 살 타는 냄새와 함께 무사의 머리카락이 녹아서 말려들고 얼굴은 시뻘게졌다.

"으아아악!"

그런데도 무사는 이를 악물고 진자강의 옷을 꿰뚫어 바닥까지 박아 놓은 검을 놓치지 않았다. 역시 보통의 무사들이 아니었다.

진자강은 무사의 얼굴을 꽉 쥔 상태에서 검지와 중지로 무사의 눈을 밀었다. 무사가 눈을 꽉 감으며 버텼다. 진자강은 한 번 더 작열쌍린장을 사용해서 무사의 얼굴을 너덜너덜하게 만든 후 발로 걷어차려 했다.

그 순간 사방에 몰려든 무사들이 진자강을 향해 검을 내려찍었다.

진자강은 밀어내려던 무사의 멱살을 잡아 방패로 삼았다.

퍼퍼퍽!

여섯 개의 검이 무사의 몸에 꽂혔다. 일부는 관통해서 진자강의 살을 스치기도 했다. 진자강은 오른손에 내공을 집중해서 바닥을 찍고 있는 검면을 손날로 쳤다.

파캉!

검 하나가 부러져 나가자 무사들이 검을 뽑았다가 다시 찔렀다.

진자강은 잠깐의 틈이 난 사이에 바닥의 반석을 다시 손바닥으로 쳤다.

퍽!

반석 아래에 묻어 둔 독분 주머니가 터지면서 흰 먼지 같은 것들이 피어올랐다. 무사들은 호흡을 참고 한쪽 소매로 입을 가리며 재차 검을 찔러 왔다.

확실히 평범한 무사들과는 달랐다. 만약 일반 무사들이었다면 독분이 터진 순간 달아났을 것이다. 하나, 그 짧은 틈에 진자강은 다시금 작열쌍린장을 사용해 양손의 손바닥을 마주치며 폭발시켰다.

퍼어엉!

분진들이 폭발해서 불꽃이 되어 사방으로 흩날렸다. 독기가 공중으로 퍼졌다. 무사들도 눈에 독기가 들어가지 않도록 눈을 감고 물러날 수밖에 없었다. 진자강은 그사이 자신의 몸을 덮고 있는 무사의 시체를 치우고 몸을 일으켰다.

몸을 일으키자마자 뒤쪽에서 대기하고 있던 무사들이 앞쪽 무사와 교대하며 검을 찔러 왔다. 숨 쉴 틈 없는 공격이 계속되었다. 게다가 검에는 일부 검기까지도 깃들어 있어서 자칫 간격을 잘못 계산하면 그대로 몸이 관통될 수도 있었다.

진자강은 바닥을 굴러 검을 피했다. 진자강의 뒤를 계속해서 검들이 찍으며 쫓아왔다. 구르며 달아나는 진자강을 무사들이 포위하며 달아나지 못하도록 막았다.

진자강은 침으로 무사의 발등을 찍고 단도로 베며 구르다가 원했던 곳까지 이르자 힘껏 바닥의 반석을 발뒤꿈치로 차서 부쉈다.

퍽!

그러곤 발끝으로 반석 아래에 묻어 두었던 고리를 걸어 올려 손에 쥐었다.

미리 분리시켜 바닥에 깔아 둔 탈혼사!

무사들이 집중적으로 몰려들어 진자강을 향해 검을 찍으며 달려드는 순간.

진자강은 바닥에 누운 채로 허리에 힘을 주어 등을 들어 올렸다. 발끝만 땅을 딛고 철판교의 수법으로 자세를 취하고 있다가, 순간 발을 굴러 몸을 바닥과 수평으로 띄운 상태에서 양손의 탈혼사 고리를 잡아당겼다.

탈혼사 고리에 연결된 실은 반경 오 장여의 바닥에 올가미처럼 숨겨져 있었다. 진자강이 고리를 당기자 실들이 모습을 드러내며 튀어나왔고, 이내 조여들었다.

촤아아아악!

뱀이 몸을 마구 뒤틀어서 모래 바닥에 흔적이 남은 것처럼 탈혼사의 실이 감기며 모든 것을 토막 냈다.

탈혼사의 실 위를 덮고 있던 반석과 반석을 딛고 선 무사들의 발목까지.

무사들은 신법을 사용하며 공중으로 몸을 띄워 조여 오는 탈혼사를 피해 냈으나, 또 몇몇은 반응이 늦어서 허둥대다가 피하지 못했다.

사방에서 피가 뿜어졌다. 발목이 동강 난 무사들이 넘어지고 주저앉으며 비명을 질렀다.

"으아아악!"

누군가가 다급하게 소리를 질렀다.

"뭔가 이상……!"

그러나 그 순간 그는 목과 어깨가 동시에 사선으로 잘려서 분리됐다.

진자강은 다시 한번 몸을 튕겨서 일어난 후 다 감아 들인 탈혼사를 조립해 소매에 넣었다.

이어 무사들이 떨어뜨린 검을 들고 주변에서 아우성을 치는 무사들부터 하나씩 죽여 나갔다. 발목이 잘려 나갔다고 해서 백호지황각의 무사들이 쉽게 죽어 주는 건 아니었다. 검을 휘두르고 권법을 사용해서 어떻게든 대항했다.

하지만 탈혼사에는 이미 궐채의 독이 발라져 있었다. 탈혼사에 어디든 몸이 걸린 무사들은 눈동자의 동공이 흐려지고 감각이 무뎌져 제대로 움직이지 못했다.

시간이 얼마 지나지 않아 반항이 줄어들고 움직임도 둔해졌다. 진자강은 한 명 한 명의 심장을 찌르고 목을 베어 착실하게 숫자를 줄여 나갔다.

그 광경은 백호지황각의 무사들로서도 소름이 끼치는 광경이 아닐 수 없었다.

당혹스러운 일이다.

이것은 무공의 대결이라기보다는 살아남기 위한 투쟁. 무공이 아닌 생존의 싸움.

일반적인 양상이 아닌 데다 독과 탈혼사라는 특이한 무기를 사용하니 합격진이 큰 의미가 없었다.

그러나 스무 명 중에 벌써 열두 명이 죽었다. 백호지황각 스무 명이면 어지간한 고수를 상대하고도 남는다.

삼인합격진 한 조가 일류 고수 한 명을 상대하도록 설계되었다.

그런데 잠깐 사이의 싸움에 반수가 넘게 죽었다.

이건 확실히 이상하다.

"어딘가…… 잘못됐어?"

백호지황각의 남은 여덟 무사들은 이를 악물었다. 의아

했다. 엽진경조차도 이렇게 무사들이 당하리라고는 생각하지 못했을 것이다.

진자강은 근처에 있던 무사들을 모두 죽인 후에 남은 이들을 돌아보고 말했다.

"당신들은 산문을 지나서 계단으로 올라오는 내내 내 뒤를 따라왔죠. 그렇지 않습니까?"

진자강이 보란 듯 손가락을 들어 올려 끝을 비볐다. 손끝에서 흘러나온 미약한 독액이 마르면서 공기 중으로 퍼졌다.

살아남은 여덟 백호지황각의 무사들은 그제야 퍼뜩 깨달았다. 진자강이 올라오는 내내 조금씩 독기를 흘린 것이다. 숨을 통해 모르는 사이에 독기를 흡입하고 말았다.

그리고 그뿐 아니라 아까 말하지 않았는가. 바닥에 궐채를 심어 두었다고.

이미 바닥 곳곳에 독을 뿌려 놓아 싸우는 사이에 모르고 독을 계속 흡입하게 되었을 것이다.

"궐채의 독은 스스로 인지하지 못한 채 감각을 둔하게 만듭니다."

삼류도 아니고 일류의 무사들에게 날카로운 감각은 생명줄이나 마찬가지다. 검을 찔러 넣을 때 일 촌(一寸)의 간격 차이로 생사가 오가는 상황에서 감각이 무뎌지는 것은 치

명적이다.

어쩐지 독침을 피했다고 생각했는데 맞고, 제대로 검을 찔렀는데 맞지 않는다 했다. 미묘한 차이로 계속해서 당하고 있었던 것이다.

만일 진자강이 독으로 백호지황각의 무사들을 죽이려고 했다면 생각보다 빨리 들통났을 터였다. 치사량의 독을 쓰면 어쨌든 늦게 중독된 자는 알아챌 수밖에 없다.

한데 진자강은 상당한 시간 동안 극미량의 독을 써서 전부가 조금씩 중독되게 만들었다.

그것만으로 상황이 충분히 자신에게 유리해지게 만든 것이다.

"비겁한!"

진자강이 한 무사가 외친 말에 슬쩍 웃음을 품었다.

"다행이군요. 이제야 감정을 보이는 인간 같아서."

"뭐가 다행이냐!"

"사람을 죽이는 것 같은 생각이 들진 않아서 기분이 좋지 않았습니다."

사람을 죽이는 게 더 기분이 좋지 않아야 하니, 말의 앞뒤가 뒤바뀐 게 아닌가?

무사들이 이를 갈았다.

"이놈이 우리를 조롱하다니……."

"조롱이 아닙니다. 내가 왜 당신들을 조롱한다고 생각합니까?"

"사람을 죽이는 것이 더 기분 좋다고 하는 살인귀에게 무슨 말을 한단 말이냐! 닥치고 손을 써라!"

"사람을 죽이는 게 좋다고 하지 않았습니다. 감정 없이 목각 인형같이 움직이는 사람을 죽이는 게 싫을 뿐입니다. 그럼 당신들은 내가 아무런 감정 없이 그저 당신들을 죽이면 좋겠습니까? 나는 오히려 그게 살인귀라고 생각합니다."

"이놈이 궤변을!"

무사들의 얼굴이 분노로 붉게 달아올랐다. 그러나 이제는 이미 중독된 것을 스스로도 알 수 있을 정도로 독기가 퍼졌다. 시야가 흔들리고 팔다리의 근육이 경직된 듯 간간이 떨려 온다. 이런 상태로 진자강과 싸우면 승산이 없다.

독룡은 생각보다 훨씬 더 강했고, 그들은 약해졌다. 거미가 거미줄을 쳐 놓고 기다리는데 그 안으로 뛰어든 나방과도 같았다.

"우리가 목숨을 구걸할 것 같으냐?"

"구걸할 필요 없습니다."

진자강이 잘라 말했다.

"지금 이 자리에서 생사를 결정하는 것은 당신들이 아니라 나입니다."

"오만한! 네 생각대로 되게 두지 않겠다!"

백호지황각 무사들은 죽음을 각오하고 진자강에게 달려들려고 내공을 끌어 올렸다.

부지불식간에 중독된 탓에 내공의 흐름도 원활치 않아서 몇 명은 억지로 내공을 끌어 올리다 얼굴이 붉으락푸르락해졌다.

진자강의 눈빛이 서늘해졌다.

"무의미한 짓입니다."

하지만, 누군가 진자강의 말에 끼어들며 나타났다.

"무의미한 게 아니지. 원래 정파는 자신이 믿는 신념이 무조건 옳다 생각하고 목숨을 거는 경향이 있어."

인마 감충이었다.

"하지만 그 신념은 대체로 자신의 생각이 아니라 위에서부터 주입된 사상인 경우가 많지."

감충은 말을 하다 말고 장내의 상황을 보더니 혀를 내둘렀다.

무림총연맹이 자랑하는 백호지황각의 스무 무사가 별 힘도 써 보지 못하고 태반이 죽었다. 그것도 토막 나거나 심장을 찔리고 목이 베인 채로.

"휘유, 뭐야. 혼자서 할 수 있다고 하더니 정말이었잖아? 도와주러 올 필요가 전혀 없었네. 혼자서 백호지황각 스무 명을 개작살 내다니. 우리 중에도 혼자 저렇게 할 수 있는 사람은 팔비마걸 정도밖에 없을 텐데."

빈말이 아니었다.

길지도 않은 짧은 시간에 백호지황각을 풍비박산 낸 것은 감충에게도 상식 밖의 일이었다. 진자강이 입은 피해라고는 몇 군데 베인 것뿐이다.

심지어 감충조차도 소림사의 무승 몇을 살해한 전력이 있다. 그만큼의 실력을 가졌다. 그런 그도 혼자서 이만큼할 수 있다고 자신하지 못했다.

"아냐, 다시 생각해 보니 팔비마걸도 이 정도로 빠르게 제압하진 못했겠군. 역시 독인가? 독이란 게 참 무섭구만."

감충이 말을 하다가 생각난 듯 물었다.

"그런데 이런 실력으로 뭘 고민하고 있는 거야? 속 편하게 다 죽여 버리면 될 텐데. 어차피 저 친구들은 죽어야 돼. 멀쩡한 채로 내려가서 합류하기라도 하면 밑에 있는 우리 친구들이 위험하거든."

간단한 결정. 그의 판단 기준은 동료들의 안위였다.

진자강은 자기도 모르게 쓴웃음이 나왔다. 자신의 기준은 무엇이란 말인가.

그런데 퍼뜩 감충이 던진 말 한마디가 뇌리에 파고들었다.

'신념!'

진자강은 아미파의 신니 인은 사태가 던진 질문을 기억해 냈다.

시주가 복수하고자 하는 대상이 개인인가, 집단인가, 제도(制度)인가.

왜 인은 사태가 사람이나 집단이 아니라 '제도'라는 말을 덧붙였는지, 진자강은 그에 대한 대답을 지금 조금이나마 알 수 있게 됐다.

**제도가 신념을 만들고 신념이 사람을 움직이기 때문이다!**

진자강은 생각에 잠겼다.

'아아……!'

저들이 주류의 제도를 장악한 이상, 그것이 옳든 그르든 신념에 의해 움직이는 이들은 계속해서 생겨날 것이었다.

진자강이 달려드는 자들을 죽이고 또 죽여도, 죽이는 숫자보다 더 많은 숫자가 계속해서 늘어날 터였다.

즉 진자강은 사람을 상대하고 있지만, 궁극적으로 상대해야 할 것은 제도다. 당가를 없애고 무림총연맹을 파괴한다고 해서 진자강의 싸움이 끝나는 게 아니다.

　　당가가 무너지면 서장 마교와 북천 사파와 무림총
　연맹은 누가 견제하겠는가.

　인은 사태가 말하고자 한 건 그것이었다.
　제도를 파격(破格)하라!
　제도를 파격하지 않으면 현재의 제도 안에서 진자강은
계속해서 싸워야 한다.
　진자강이 몇몇을 죽이고 복수를 마친다고 해서 그것이
끝이겠는가.
　제도를 유지하고 있는 다른 자들에 의해서 보복이 되풀
이될 것이다. 당가에서 말한 것처럼 진자강이 죽기 직전까
지 그들은 멈추지 않는다.
　진자강은 혼자일 때 복수 후의 삶까지 생각하지 못했다.
언제 죽을지 모르니 그런 생각을 할 여유가 없었다.
　하나 이제는 다르다.
　살아날 수 있는 단서도 얻었고, 무엇보다도 당하란이라
는 연인이 생겼다.
　당하란이 있기에 그 뒤의 삶도 생각해야 하는 상황에 이
르렀다. 아니, 그 뒤의 삶을 지키고 싶다.

그렇다면 인은 사태가 제안한 방법이 가장 현실적인 방안이 될 수 있었다.

관건은 진자강이 그만한 역량을 갖추고 있느냐의 문제일 뿐.

운남 독문같은 작은 곳에서는 죄지은 자를 모두 죽임으로써 어느 정도 해결이 가능했다. 그러나 전선이 강호 전체로 확대되면서 진자강의 복수도 그 칼날 끝의 방향을 다시금 정할 필요가 생긴 것이다.

제도를 파격할 수 있는 방법을 찾거나, 혹은 진자강 만의 방법을 찾거나.

진자강은 고개를 끄덕였다.

"그렇군요. 진심으로 감사드립니다. 제가 생각하지 못했던 걸 상기시켜 주셔서."

"응?"

감충은 진자강이 왜 감사하는지 몰라서 어깨를 으쓱했다.

"뭔지 몰라도 고맙다니까, 빚으로 달아 두지. 우리가 또 그런 건 잘 기억하거든."

백호지황각의 무사가 침을 뱉었다.

"퉤. 비열한 사파 놈들. 몰래 독을 쓴 주제에 자기들끼리 북 치고 장구 치고 웃기는군."

"거 말이 싸가지가 없어요. 곧 뒈질 놈들이. 걸린 놈이 멍청한 거지 독을 쓴 게 무슨 잘못이야?"

부우욱!

인마 감충의 옷이 부풀면서 손이 시뻘겋게 변했다. 감충이 싱긋 웃으면서 막 장내로 발을 들이려는 순간, 갑자기 진자강이 감충을 향해 손을 들었다.

감충이 움찔하며 걸음을 멈췄다.

"왜…… 그러나?"

"들어오면 중독됩니다."

"괜찮아. 죽지 않는 정도면. 일단 싸가지 없는 놈 입부터 좀 막아 놓고."

감충은 살기 어린 웃음을 짓더니 손을 뻗어 장풍을 날렸다.

침을 뱉으며 감충을 조롱했던 백호지황각 무사의 가슴에 감충의 장이 작렬했다.

펑!

무사는 팔을 들어 막으려 했지만 팔이 부러지고 갈비뼈가 움푹 파이며 으스러졌다. 무사는 벌러덩 뒤로 나자빠졌다. 몸이 굳어 피할 수도 없었다.

"일곱 명. 이젠 좀 안심이 되는군. 자네처럼 무른 친구를 보면 내가 다 답답해지거든. 그래서……."

그때 감충이 진자강에게 설교하는 틈을 타서 세 명이 눈짓을 주고받더니 뒤로 몸을 날려 달아나기 시작했다. 물론 몸이 굳어서 동작은 굼떴지만 그들로서는 필사의 힘을 다해 달아나려는 것이었다.

순간 진자강이 탈혼사의 고리를 풀어서 한쪽을 던졌다. 고리가 날아가 세 명을 동시에 휘감고 돌아왔다. 진자강은 조금도 망설이지 않고 돌아온 고리를 잡아 힘껏 당겼다.

세 명의 무사들은 몇 토막으로 나뉘어 육편이 되어 바닥에 떨어졌다.

진자강이 감충을 보고 말했다.

"저 밑에, 저도 지켜야 할 이가 있습니다."

"어이구……, 그걸 이제 아셨어요?"

감충이 웃었다.

"세상은 전체적으로 보면 아주 복잡한 것 같지만 때론 단순한 게 가장 올바른 길로 가는 답일 때가 있다네. 너무 복잡하게 생각하지 마."

*     *     *

사사삭. 사삿.

언제까지고 소리 없이 이어질 줄 알았던 칼질과 방패의 싸움은 생각보다 금세 결판이 났다.

미묘한 싸움에서 엽진경이 한순간에 밀린 때문이다. 엽진경의 검이 등패에 걸려 크게 휘더니 튕겨 나갔다.

엽진경의 얼굴이 일그러졌다. 내공을 운용할 때 느껴지는 미세한 이질감이 엽진경의 집중력을 방해했다.

'독!'

진자강이 오면서 흘렸던 독이 엽진경에게도 영향을 준 것이다.

엽진경은 바로 공중으로 뛰어올라 튕겨 나간 검을 낚아챘다. 구륜은 기회를 놓치지 않고 등패의 칼날을 튀어나오게 한 후 엽진경을 향해 던졌다.

팽그르르!

여덟 개의 칼날이 튀어나온 등패가 내공을 머금고 날아갔다. 엽진경은 자신의 왼쪽 발등을 오른쪽으로 찍고 공중에서 한 번 더 도약했다. 구륜이 단도를 뽑아 던졌다. 단도에 맞은 칼날 등패가 궤도를 바꿔 엽진경을 쫓아갔다.

엽진경은 몸을 돌리며 허공에 떠 있는 자신의 검을 밟고 재차 도약했다. 구륜이 단도를 여러 자루 뽑아 던졌다. 단도에 맞은 등패는 더 빠른 속도로 회전하며 엽진경을 따라갔다.

파악!

엽진경의 어깨를 등패가 치고 지나갔다. 엽진경의 어깨가 쩍 갈렸다. 궐채의 독에 중독되어 몸이 불편해진 탓에 엽진경의 신법이 원활하지 못했다.

엽진경의 몸이 불편한 것은 아주 조금이지만, 그것만으로도 이미 상대하는 구륜에게는 충분한 이득이었다.

구륜이 연속으로 세 자루의 단도를 던졌다.

파파팍!

팽이를 치듯 등패가 가속을 더하며 허공에 뜬 엽진경의 등짝으로 날아갔다. 엽진경은 남겨 두었던 이 푼의 진기를 전부 소모하며 검을 구륜에게 던지고, 그 반동으로 멀찍이 날아갔다. 구륜도 엽진경이 목숨을 걸고 던진 한 수는 경시할 수 없었다. 훌쩍 몸을 띄워 검을 피한 구륜이 소리쳤다.

"도망가느냐!"

엽진경은 자존심이 상해 얼굴이 붉어졌으나 이미 밖에서 들려온 소리로 백호지황각의 무사들이 당하고 있는 것을 알았기 때문에 더 이상 지체하지 않았다.

엽진경은 아무런 대꾸 없이 달아났다.

"이런. 놓쳤네."

구륜은 혀를 차며 바닥에 떨어져 박힌 등패를 회수했다. 그의 팔뚝과 손에는 온통 피멍이 가득했다. 엽진경이 등패를 치는 동안 대부분을 비껴 냈는데도 불구하고 내공이 계속 흘러들어 등패를 쥔 손에 충격이 쌓여 생긴 상처였다.

　　　　*　　　　*　　　　*


　엽진경이 상청궁의 담장을 넘어 백호지황각의 무사들이
있는 앞마당에 뛰어내렸다. 어깨에서 피가 터져 나와 상체
가 전부 피에 젖어 있었다.

　감충이 웃으며 말했다.

　"어이쿠. 많이 다치셨네?"

　그것이 더 엽진경을 약 오르게 만들었다.

　엽진경은 죽어 나간 백호지황각의 무사들을 보며 이를
깨물었다. 스무 명 중에 살아남은 자가 고작 넷이었다. 이
만한 실력의 백호지황각 무사 한 명을 키우는 데 드는 돈이
금 수십 냥이다. 그런데 순식간에 금 수백 냥에 해당하는
전력을 잃은 것이다.

　당가와 아미파가 협조하지 않은 때문에 함정에 빠져서
막대한 손실을 내고 말았다. 그러나 당가와 아미파에게 책
임을 묻기는 어렵다. 그들은 돕겠다 했고 도움을 거절한 건
엽진경이다.

　심지어 무림총연맹에서도 직접적으로 엽진경에게 도움
을 받지 말라고 말한 적이 없었다. 그저 당가와 아미파에
협조 공문을 보내지 않는 것으로 엽진경이 알아서 행동하
도록 만들었을 뿐.

엽진경은 속이 쓰렸다.

이 모든 것이 자신의 책임이다.

"돌아가자!"

엽진경은 남은 백호지황각 무사들이 절룩거리며 문을 나갈 때까지 뒤를 지켰다.

엽진경이 진자강을 노려보며 말했다.

"오늘은 이만 물러가겠다. 하나 네가 본래 약문이었든 정파였든, 오늘 이 시간부터 너는 무림총연맹의 제일 척살 대상이 될 것이다."

"당신들이 죽이려고 하면 가만히 앉아 죽었어야 한다는 얘깁니까?"

"그렇다."

진자강이 탈혼사를 고쳐 쥐었다.

딸깍.

"그럼 이 자리에서 당신을 죽여야겠군요."

도발 정도가 아니라 정말로 엽진경을 향해 살의를 드러낸 진자강이다. 옆에 있던 감충이 다 기가 막혀서 혀를 내둘렀다.

"무서운 걸 모르는 친구구만. 이런 성격으로 어떻게 여태 살아남았지? 저게 누군지 알아? 뇌락검이라고. 금강천검과 더불어 무림총연맹의 양대 사냥개."

금강천검 백리중!

"하면 더더욱 상대해 봐야겠습니다."

엽진경의 눈에 불이 켜졌다.

"건방진 애송이가……."

하지만 그때 구륜이 안에서 걸어 나오며 진자강을 말렸다.

"그냥 보내. 놈들을 다 죽이는 것과 살려서 돌려보내는 건 차이가 많아."

진자강이 구륜을 쳐다보았다.

"어떤 차이입니까?"

"다 죽이면 전 무림의 공분을 사서 우릴 죽이려고 엄청난 숫자가 떼로 몰려들지."

"패배한 채로 살려서 보내면 어떻게 됩니까?"

"강호에서 웃음거리가 되었으니까 독기를 품고 더 센 놈이 우릴 죽이려고 조용히 찾아오지."

감충이 너털웃음을 터뜨리며 말했다.

"나는 후자가 더 무섭거늘!"

구륜이 피식 웃으며 엽진경에게 그의 칼을 던져 주었다.

"가라. 마음이 바뀌기 전에."

엽진경의 턱에 힘줄이 돋았다. 싸우자면 더 싸울 수 있었지만 더 이상의 피해를 낼 순 없었다. 아래쪽에 기다리고 있는 다른 무사들도 걱정되었다. 자신의 목숨만큼이나 전력을 보존하는 일도 중요했다.

엽진경이 검을 들고 포검했다.

"이번의 빚, 기억해 두지."

진자강은 엽진경을 죽여야 한다고 생각했지만 구륜에게도 다른 생각이 있는 것 같았다. 하여 참고 물러섰다.

감충이 엽진경에게 손을 흔들었다.

"아아, 볼일 끝났으면 조심히 들어가시게? 껄껄껄!"

엽진경은 얼굴이 붉게 달아오른 채로 무사들과 산을 내려갔다.

구륜이 진자강을 보고 말했다.

"애송이, 뇌락검이 무서워서 도망간 줄 아냐? 자신의 수하들을 남기려고 피하는 거야. 백호지황각의 무사들을 잃으면 우릴 다 죽인대도 책임 추궁을 피할 수 없으니까. 우리는 선랑이 나올 때까지 시간만 벌면 돼. 뇌락검을 더 궁지로 몰아서 악귀로 만들 필요는 없어. 얻지 않아도 될 피해가 생긴단 말야."

"그렇군요. 이해했습니다."

피식 웃은 구륜이 진자강에게 말했다.

"그리고, 혼자서 이 정도로 한 건 정말 잘했어. 예상보다 훨씬 실력이 뛰어나군."

진자강은 가볍게 목례로 칭찬을 받아넘기고 산문 아래를 쳐다보았다. 당하란이 걱정되어서였다.

*       *       *

산문에서 기다리고 있던 백호지황각 무사 스무 명과 이백 검호대 역시도 사파와 싸움을 벌이고 있었다.

사파의 수는 삼십이 약간 안 되는 수지만 대부분이 이름난 실력자들이라 거의 밀리지 않았다. 오히려 다소 밀고 있는 양상이었다. 그렇다고 해도 피해가 전혀 없는 건 아니었다.

"우악!"

사파 무인 한 명이 온몸에 칼을 맞고 고슴도치가 되어 죽었다. 백호지황각의 무사들은 피가 튀어 피투성이가 된 채 바로 칼을 뽑아 다른 사파인들을 공격하러 자리를 이동했다.

백호지황각 무사들이 삼인합격진을 펼치면 사파 무인 한둘 정도를 상대할 수 있었다. 하나 검호대는 평범한 이류 무사들에 불과해서 여럿이 덤벼도 사파 무인 하나를 상대하기 어려웠다. 검호대 무사들은 상대적으로 계속해서 줄어 가고 있었다.

펑! 퍼펑!

살 떨리는 경력의 격돌음이 연이어 터졌다.

백호지황각의 부각주 능라반권(陵裸反拳) 협수가 당하란과 싸우며 일권을 뻗었다. 일권의 실린 막대한 내공이 당하란을 짓눌렀다.

능라반권 협수는 일권에 커다란 능을 뒤집어엎어서 벌거벗은 것처럼 만든다는 거력의 소유자다. 이미 그의 일권을 맞고 피떡이 되어 사지가 으스러진 채 죽은 사파 무인이 둘이나 있었다.

당하란은 연속으로 장을 때려 권력을 약화시켰다.

퍼퍼펑! 펑!

장력으로 권을 두드리는데 반탄력에 뼈가 울릴 지경이었다. 당하란은 반 이하로 권력을 줄여 놓으며 피했다. 그런데도 빗나간 권의 압력에 의해 어깨가 으스러지듯 아팠다. 삽시간에 어깨 안쪽의 핏줄이 터지고 멍이 들었다.

당하란은 당가의 금나수로 협수의 손목을 잡아 어깨에 걸치고 팔꿈치를 올려 쳤다. 협수의 팔꿈치가 꺾이며 우득 소리가 났다. 협수가 고함을 지르며 반대쪽 왼손의 주먹을 들어 위에서 아래로 후려쳤다.

당하란이 팔을 놓고 비어 있는 협수의 옆구리를 손등으로 때렸다. 당하란도 내공에 있어서는 상당한 수준에 올라 있다. 실린 힘이 적지 않았다.

뿌득.

협수의 갈빗대에 금이 가는 소리가 들렸다. 협수는 통증으로 당하란을 내려치지 못했다. 대신 당하란의 머리를 한 손으로 잡고 복부를 무릎으로 올려 쳤다.

당하란이 급히 팔을 모아 막았지만 충격에 몸이 공중으로 떠올랐다. 협수의 권에 실린 내공과 당하란의 호신기가 일으킨 반탄력이 징을 치듯 둥! 하고 울렸다.

울컥, 당하란의 입에서 피가 새었다. 협수는 떠오른 당하란의 배를 왼 주먹으로 쳤다.

"거긴 안 돼!"

당하란이 필사적으로 몸을 뒤틀었다. 그때 옆에서 편복이 쇠로 만든 시초를 던져 댔다. 협수의 어깨와 팔에 시초가 꽂혔다. 덕분에 주먹의 힘이 한층 약해졌다. 당하란은 옆 허리를 맞고 날아가 바닥을 몇 차례나 굴렀다.

협수가 꽂힌 시초를 뽑으며 시퍼런 눈길로 편복을 돌아보았다. 주먹을 쥐고 편복을 향해 걸어가는 찰나.

"응애! 응애!"

돌연 들려온 아이의 울음소리가 귓가를 울리며 내공의 흐름을 일시적으로 흐트러뜨렸다. 얼굴이 붉어지고 피가 빨리 뛰며 음탕한 생각이 들기 시작했다.

"사음성(邪淫聲)!"

협수는 진정하기 위해 잠시 서서 호흡을 골라야 했다.

화사신녀가 아기를 안은 자세로 협수를 향해 배시시 웃었다.

"대협은 힘이 장사시군요? 남아도는 힘을 주체하기 어렵다면 다른 방법이 있는데…… 한번 들어 보시겠나이까?"

간드러지는 목소리가 다시금 협수의 내공을 진탕시킨다. 협수는 요동치는 음심을 가라앉히기 위해 이를 꽉 깨물고 몸에 힘을 주어야 했다.

"이 요망한 년이……."

이미 화사신녀가 몇이나 되는 검호대 무사들을 홀려서 죽이는 걸 본 탓에 협수는 눈을 부릅뜨고 살기를 뿜어냈다.

편복이 양팔을 뒤로 젖혔다가 앞으로 내밀며 열 자루의 시초를 던져 냈다. 협수는 진각을 밟으며 일권을 내질렀다.

펑!

허공에서 내공이 터지며 시초가 사방으로 튕겨 나갔다. 하나 조금 전 당하란이 팔꿈치를 틀어 놓아 협수의 팔꿈치가 퉁퉁 부었다.

사파 무인 중 호리호리하게 생긴 한 명이 때를 놓치지 않고 협수를 합공했다. 협수는 단도를 들고 찔러 오는 사파 무인을 왼 주먹으로 무작정 밀어 쳤다. 사파 무인의 단도가 부서지며 손가락이 으스러지고 머리통이 날아갔다.

펵!

사파 무인은 달려들던 그대로 쓰러져 죽었다.

"젠장! 나도 센 놈과 싸우고 싶으니까 잔챙이들은 좀 꺼지라고!"

잔풍객이 자신의 머리통 두 개만 한 도끼를 들고 백호지황각의 여섯 명을 상대하고 있었다.

차라랑! 창!

백호지황각의 여섯 무사들은 백호중기세로 삼인합격진을 펼쳐서 잔풍객을 묶어 두고 있었다. 잔풍객은 나름 고수가 많기로 유명한 녹림십팔채 전체와 싸우다가 달아난 자다. 실력이 만만치 않았지만 여섯 쌍의 손을 상대로 어쩔 수 없어 답답해하고 있었다. 처음 둘 정도는 죽였지만 그게 다였다.

"크아아아아!"

잔풍객이 무시무시한 기세로 도끼를 휘두르자 백호지황각의 무사들은 검을 맞대길 포기하고 물러났다가 다시 달려들어 끈질기게 몰아붙였다.

"이 날파리 같은 새끼들!"

성질 급한 잔풍객의 몸에는 벌써 몇 개나 찔린 상처가 생겨 있었다.

한데 그때 긴 휘파람 소리가 들려왔다. 내공을 담고 있어서 나지막한데도 끊어지지 않고 길게 이어졌다.

**삐이익!**

그러자 백호지황각 무사들이 잠깐 멈칫했다. 협수가 얼굴을 일그러뜨리며 물러났다.

"퇴각 준비!"

백호지황각과 검호대 무사들은 즉시 원진을 구성하며 계단에서의 퇴로를 확보했다.

사파인들도 눈치를 보다가 잠시 공격을 멈추었다.

곧 본산 위에서 엽진경과 네 명의 무사들이 힘겹게 내려왔다. 엽진경의 표정은 참담했다.

산문에서 대기하던 백호지황각과 검호대도 오십 명 가까이가 죽었다. 백호지황각의 무사가 다섯 정도, 그리고 나머지는 검호대의 피해였다.

그나마 백호지황각 무사의 피해가 적어 다행이긴 하나 이미 진자강에게 잃은 숫자가 너무 크다.

그에 비해 서른에 가까운 사파인들 중에서는 열 명의 사상자가 나왔을 뿐이다.

엽진경의 얼굴이 크게 굳었다.

잔풍객이 도리깨를 걸머쥐고 빈정거렸다.

"꼬리 말고 도망가는 거냐?"

엽진경은 잔풍객을 쳐다보지도 않고 입을 악다물며 분을 삭였다.

계단 위쪽에서 구륜이 사파인들을 보며 보내 주라고 신호했다.

사파인들이 좌우로 갈라져서 길을 터 주었다.

그 와중에도 사파인들은 엽진경과 무사들을 향해 조롱의 말을 던졌다.

"이야, 이놈들 눈도 못 마주치네?"

"낄낄낄, 어디 배짱이 없어서 어디 밤에 남자 구실이나 하겠냐."

엽진경이 남은 인원들은 얼굴이 일그러졌다. 그러나 더 이상 충돌을 원하지 않기에 꾹 참고 산문을 떠났다. 조만간 다시 돌아와서 사생결단을 내겠다는 기색이 역력했다.

몸을 일으킨 당하란은 진자강이 내려오는 걸 보며 안도했다.

그것은 진자강 역시 마찬가지였다.

"괜찮습니까?"

진자강이 당하란을 부축해 일어났다. 당하란은 배가 아파서인지 다리를 제대로 펴고 걷지 못했다.

"괜찮아, 조금 있으면 나아질 거야."

당하란이 입가의 피를 닦으며 얼굴을 찡그렸다.

"당신은?"

"난 괜찮습니다."

숨어 있던 소소가 나와서 다친 사람들을 돌보다가 당하란에게 와서 상태를 살폈다. 당하란의 맥을 짚어본 소소가 놀란 눈으로 당하란을 보았다.

소소가 잠시 더 신중하게 맥을 보더니 고개를 끄덕였다. 그러곤 다른 부상자들을 보러 갔다.

뒤이어 내려온 감충이 배를 두드리며 말했다.

"앞으로 독룡에 대한 걱정은 절대 하지 말아. 사치야 사치. 백호지황각의 개들을 독룡 혼자 너희들이 죽인 숫자의 세 배를 죽였어."

살아 내려온 백호지황각 무사는 겨우 넷에 불과했다.

사파인들이 진자강을 새삼 다시 보았다.

잔풍객이 머리를 긁었다.

"뭐야. 독룡이 진짜 그 정도였어? 끄응."

자기는 겨우 여섯 명을 데리고 끙끙댔으니 객관적으로도 이미 차이가 있다. 더 따질 말이 없었다.

잠시 후에 화사신녀가 와서 진자강과 당하란을 보았다.

"도움이 많이 됐어. 두 사람이 아니었으면 우리도 좀 위험했었을 거야. 하지만 오늘로서 두 사람은 완전히 백도와

척을 지게 됐네."

진자강은 무덤덤했고 당하란은 씁쓸한 표정을 지었다.

진자강에게는 익숙한 일이나 당하란은 아니다. 지금의 행동을 선택할 때부터 각오했던 바이나 실제로 느끼는 불안감은 더 컸다.

화사신녀가 말했다.

"그럼 이제 어서 가."

"지금 말입니까?"

"말했듯이 무림총연맹은 여기서 포기하지 않아. 전력을 보충하자마자 지금보다 더 많은 수로 들이닥칠 거야. 어쩌면…… 오늘 저녁이라도?"

감충이 말했다.

"그렇지. 그러니 팔다리 멀쩡한데 굳이 지체할 거 있나. 바로 가면 되지."

"하면 여러분들은……."

구륜이 대답했다.

"우린 선랑을 지켜야 하니까 기다린다. 너는 약속대로 네 역할을 다 했어. 우리와 더 있을 이유가 없다. 선랑도 고마워할 거야."

진자강이 편복과 소소를 돌아보았다.

편복이 진자강에게 작별 인사를 전했다.

"우리도 선랑과 한배를 탄 몸이니까 같이 행동해야지 뭐. 우리끼리는 어차피 사천도 벗어나지 못해."

소소도 눈빛으로 인사했다.

싸움 시작 전부터 이미 의논했던 부분이라 헤어짐은 예견된 일이었다.

진자강은 귀주에서 할 일이 있고. 그러자면 귀주에서 온 검호대가 타격을 받은 지금이 가장 좋았다.

진자강은 포권을 해 남은 사파인들에게 작별을 고했다.

사파인들도 진자강에게 편하게 인사했다.

"또 보자, 독룡."

특히나 잔풍객은 한마디를 더 했다.

"네놈과 적으로 만나지 않아서 다행이다."

진자강은 잔풍객에게 미소를 지어 보이며, 편복과 소소에게 다시 한번 안부를 전하고 당하란과 함께 청성산을 내려갔다.

*　　　*　　　*

아마 청성산 아래에는 여러 단체의 감시가 있을 게 분명했다. 한데 진자강은 오히려 무림총연맹 무사들이 내려간 길을 따라서 그대로 따라갔다.

"당신이란 사람의 배짱은 정말."

당하란이 웃었다.

그러나 배짱만의 문제는 아니다. 심리적인 허점을 파고 든 것이니까.

둘은 마치 여유롭게 산책하는 것처럼 다정하게 길을 걸었다. 당하란은 진자강의 팔짱을 잡고 있기까지 했다.

산 아래 마을까지 아무런 방해도 받지 않고 내려온 둘이었다.

무림총연맹 무사들은 산 아래 마을에 보이지 않았다. 혹시나 사파에 의해 기습을 받을 수 있으니 좀 더 멀리 떨어진 마을까지 물러난 모양이었다.

그러나 진자강과 당하란은 거기까지는 따라갈 수 없었다.

진자강이 마을 주위를 둘러보며 말했다.

"감시망이 촘촘하군요."

진자강은 매 순간 주변의 상황을 주시하고 살피는 습관이 들어 있다. 무암 존사 덕에 내공의 성취가 높아져서 기감도 훨씬 예민해졌지만, 훈련과 습관으로 길러진 생존 본능은 그보다 더 발달되어 있었다.

진자강은 길을 옮겨 가며 청성산 인근을 돌아다녔다. 하지만 무언가 마뜩잖은지 그 이상 길을 열고 나가지는 못했다.

"이쪽 길은 괜찮지 않을까?"

"새 소리가 들리지 않습니다."

진자강은 다시 산자락을 빙 둘러 돌아다니다가 오솔길에서 걸음을 멈췄다.

까아악.

까마귀 소리가 들려왔다. 까마귀가 한 마리가 높은 나무의 가지 위에 앉아 울고 있었다.

그러나 진자강은 그곳에서도 앞으로 가지 않았다.

"까마귀가 우는데?"

"까마귀는 호기심이 많아서 사람이 근처에 있으면 쫓아다니면서 울어댑니다. 반면에 참새는 가까이 다가가면 울음을 멈추죠. 방울 소리를 내며 우는 벌레들도 참새와 비슷하게 행동합니다."

"아아, 그런 건 도대체 어디서 배운 거야?"

"숲을 다니다 보니 알게 된 겁니다. 어쨌든 이쪽은 안 되겠습니다. 돌아가죠."

산을 거의 반 바퀴나 돌아서 반나절 이상을 돌아다녔는데도 진자강은 나갈 길을 찾지 못했다.

"바람의 방향도 돕지 않는군요."

바람이 앞에서 불어와 맞바람을 안고 가게 되면 뒤쪽으로 냄새를 남기게 된다. 추적자들이 따라붙을 수 있다. 그러나 등 뒤에서 불어와도 마찬가지로 감시자들의 냄새를 맡을 수 없다.

진자강은 길을 찾을 때에 모든 상황을 고려해서 최대한 감시를 피할 수 있는 길을 선택하려 했다. 한데 생각만큼 그게 여의치 않았다.

당하란은 추적술 교육을 받지 않았지만 내공이 높아 냄새를 맡고 인기척을 잘 느꼈다.

진자강의 말대로 청성산은 거의 포위되어 있었다.

"한두 문파가 아니네. 청성파를 완전히 감싼 것 같아."

은신한 감시자들이 남긴 흔적이나 기감을 보면 절대 한 문파가 아니었다. 그중에는 아마 당가도 있을 것임에 분명할 것이다.

진자강은 무암 존사와 사파인들이 걱정스러웠다. 편복과 소소도 매우 위험한 상황이다.

그러나 그들에게 가서 알려 준들 단령경을 포기하고 내려오지는 않을 것이다. 자신들만으로는 사천을 빠져나갈 수 없다고 한 것을 보면 아마 지금 같은 상황을 어느 정도 예측하고 있음이 분명했다.

진자강과 당하란은 밤까지 더 돌아다녔지만 빠져나갈 만한 길이 없었다.

"아무래도 힘으로 뚫고 나가야겠습니다."

포위망이 넓게 펼쳐질수록 망 자체는 엷을 수밖에 없다. 포위망을 전부 고수들로만 구성할 수는 없으므로 무공 실력 자체는 낮은 이들도 다수 포함되어 있을 터였다.

힘으로 뚫고 나간다면 포위망이 좁혀지기 전에 최대한 빠르게 달아나야 한다.

그런데 그때 진자강이 가만히 바람 냄새를 맡았다.

밤이 되니 풀냄새가 더욱 짙어졌다. 낮보다 훨씬 더 냄새를 맡기가 수월하다.

"왜 그래?"

"맞바람이 불어오는 방향인데 풀벌레가 울고 있고, 다른 곳과 달리 땀 냄새가 거의 풍겨 오지 않는군요."

"그래?"

"술을 많이 마시면 미약하지만 땀 냄새에 주향(酒香)이 배고, 육류 같은 화식(火食)을 하면 체향(體香)이 진해집니다. 이쪽은 거의 그런 냄새가 없는 것 같습니다."

"그렇다는 건."

당하란이 잠시 생각하다가 말했다.

"운 좋게 포위망에 구멍이 난 부분이거나 엄청난 고수가 있거나."

"그럴 겁니다."

"어쨌든 우리로서는 도박을 할 수밖에 없으니까."

진자강과 당하란은 기척을 죽이고 조심스럽게 풀숲을 헤치며 나아갔다.

그런데 막 숲으로 들어서자마자 걸음을 멈추고 말았다. 앞쪽 나무 아래에 정좌를 한 아미파의 여승이 둘을 기다리고 있지 않은가!

어둠 속에서 달빛을 받은 여승의 가느다란 입술이 웃고 있었다.

"좋은 통찰이었네. 하지만 한 가지를 놓쳤군. 우리 아미는 화식도 하지 않고 술도 마시지 않아 몸에서 늘 차향이 난다네. 차향은 향긋한 풀 냄새지."

심지어 여승은 진자강과 당하란의 대화까지도 듣고 있던 것이다.

당하란의 눈이 휘둥그레졌다.

"아미파의 장문 사태!"

인은 사태였다. 인은 사태가 왜 이곳에 있단 말인가?

인은 사태는 고혹적인 미소를 지으며 두 사람을 보았다.

"행복해 보여 좋아. 젊은 사람들은 전장에서도 꽃을 피우는 법이지. 하지만 운이 나빴다고 생각……."

돌연 인은 사태의 눈빛이 변했다. 인은 사태는 갑자기 말을 끊더니 다가왔다. 당하란을 향해 인은 사태가 손을 뻗었다. 아무런 투기나 살의도 없이 돌연 공격을 해 온 것이다.

당하란이 당가의 금나수로 인은 사태의 손을 쳐 냈다. 인은 사태의 손이 교묘하게 파고들어 와 당하란의 손목을 잡았다. 고수에게 손목을 잡히면 내공이 파고들어 와 제압되고 만다.

이미 잡히는 순간부터 정순한 인은 사태의 내공이 맥문을 통해 들어오고 있었다.

당하란은 이를 악물었다. 손목이 부러지는 걸 감수하고 손을 빼냈다. 그러면서 인은 사태를 발로 찼다. 인은 사태는 당하란의 손가락을 잡아 구부리면서 당하란의 발을 당하란의 손등으로 막았다.

진자강도 크게 놀라 내공을 끌어 올리고 바로 인은 사태를 향해 몸을 던졌다. 진자강으로서는 앞뒤 돌보지 않고 누군가에게 달려든 것이 이번이 처음이라 생각될 정도였다.

인은 사태는 당하란의 손가락을 꺾어 누르며 당하란의 몸을 내세워 진자강을 방해했다.

"크윽!"

진자강은 분노에 이성이 멀 뻔했다. 살기가 줄기줄기 뻗어 나왔다.

하지만 인은 사태의 행동은 거기까지였다.

인은 사태는 바로 당하란을 놓아주고 뒤로 훌쩍 물러났다.

그러더니 탄성을 외며 불호를 읊었다.

"아아! 나무아미타불 관세음보살. 내가 기다리고 있는 곳으로 온 건 자네들의 뛰어난 통찰력 때문이었으나 이후의 일은 부처님의 뜻이었군."

당하란은 얼굴을 찡그리며 손목을 어루만졌다.

진자강이 이를 갈며 낮은 목소리로 부르짖듯이 말했다.

"무슨 헛소립니까!"

인은 사태가 진자강을 향해 물었다.

"자네는 내가 물어본 질문의 대답을 찾았는가?"

진자강은 대답하지 않았다. 하지만 인은 사태는 진자강의 눈빛이 잠깐 동안 변한 걸 확인했다.

"찾고 있는 모양인가? 그렇다면 자네는 아직 여기서 죽을 때가 되지 아니하였네."

"보내 준단 뜻입니까? 우리에게 원하는 게 뭡니까."

"구도(求道)만이 사바세계(娑婆世界)에서 나의 유일한 사명일세. 나는 자네 둘을 보내고 싶지 않으나 구도자로서 부처님의 뜻을 거스르면서까지 자네들을 막을 수는 없지 않은가."

한데 인은 사태보다 놀라운 것은 당하란의 행동이었다.

당하란은 진자강의 옷깃을 잡아당김으로써 그냥 지나가자고 재촉한 것이다.

"당 소저?"

진자강이 놀라 당하란을 보았다. 당하란은 입을 꾹 다물고 진자강을 이끌었다.

인은 사태는 둘을 막지 않고 옆으로 비켜서서 조용히 합장했다.

"나무아미타불."

당하란은 인은 사태에게 감사하지 않고 진자강을 끌어 자리를 떠났다. 그런 당하란의 뒤에 인은 사태가 한마디의 전음을 남겼다.

『누구보다 본인이 더욱 잘 알고 있겠지. 후회를 남기고 싶지 않다면 결코 무리하게 행동하지 않길 바라네.』

**第六章**

기우(碁友)

　인은 사태가 보인 뜻밖의 행동 때문에 진자강과 당하란은 포위망을 무사히 지나갈 수 있었다.

　둘은 한동안 말없이 걸었다.

　하나 화기애애하던 아까와는 다른 어색한 분위기였다.

　졸졸 물이 흐르는 작은 개울에서 잠시 쉬어 가는 동안 먼저 말을 꺼낸 것은 당하란이었다.

　"저……."

　말문은 떼었지만 말을 하기는 쉽지 않은 모양.

　어렵게 당하란이 말을 이었다.

　"화났어?"

당하란의 말을 기다리고 있던 진자강이 조금 놀란 표정을 했다.

"내가 왜 화를 낼 거라고 생각했습니까?"

"어…… 그러니까, 내가 말을 하지 않고 숨겨서…… 어, 음."

"아닙니다. 그런 건."

"그럼 알고는 있었어?"

갑자기 진자강의 얼굴이 빨개졌다.

당하란은 슬쩍 진자강의 눈치를 보고 있다가 그 모습을 보고 풋 하며 웃음을 터뜨렸다.

"천하의 독룡이 당황하고 있는 거야?"

진자강도 어색하게 웃었다.

"전혀 생각해 보지 못했던 일이라 그렇습니다."

웃던 당하란이 입술을 삐죽 내밀었다.

"뭐야, 그럼 아무 일도 없을 줄 알았어?"

"그런 건 아닙니다. 다만……."

진자강이 별이 총총한 하늘을 보며 말했다.

"내게 이런 날이 온 것이 믿어지지 않습니다."

"하지만 아직 몰라."

당하란이 진자강의 손을 잡아 자신의 배 위에 얹었다.

아직은 전혀 티가 날 때가 아니었다. 그러나 진자강은 손에서 마치 작은 심장 박동이 울리는 듯한 느낌이 들었다.

"이 아이가 무사히 세상 밖으로 나올 수 있을까. 앞으로 우리가 가야 할 험난한 가시밭길 속을 무사히 버텨 낼 수 있을까?"

진자강도 그 물음에 대답할 수 없었다.

운남에서 상대했던 독문과는 비교도 할 수 없는 강자들과 세력이 우글거리는 강호.

한 순간만 잘못 판단하면 곧바로 돌이킬 수 없는 길을 가 버리게 될 엄정한 세계.

그 세상에서 갑자기 생겨난 작은 생명의 불씨는 진자강을 당혹스럽게 만들 수밖에 없었다. 진자강의 복잡한 표정을 본 당하란이 말했다.

"당신이 짊어진 짐이 얼마나 무겁고 어려운지 알아. 그래서 강요하지 않으려고 해."

"내가 당연히 책임져야 할 일입니다."

"아니, 그런 소리를 듣고 싶어서 한 말이 아냐. 내가 남자에게 책임을 강요하는 그런 여자로나 보여?"

"아닙니다."

당하란이 손에 힘을 주었다. 진자강의 손과 자신의 손을 더 꽉 배에 댔다.

"난 사실 당신의 곁을 지키고 싶었어. 마음 편히 등을 맡길 수 있고 기댈 수 있는 반려자가 되고 싶었어. 하지만 이제 그러기 어렵게 되었네. 이기적인 얘기를 좀 할게."

"말하십시오."

"당신은 당신의 길을 가. 나는 내 최선을 다해서 우리의 아이를 지키겠어. 나는……."

진자강은 당하란이 채 잇지 못한 뒷말이 어떤 말인지 알 수 있었다.

설사 당신이 복수를 마치지 못하고, 다시 돌아오지 못할지라도. 우리의 아이를 지킬 거야. 당신의 아이를 지킬 거야.

"당 소저……."

진자강은 놀란 표정을 지었다.

그것은 이별 통고나 다름이 없었다. 헤어져야 할 때임을 의미하고 있었다.

당하란이 갑자기 묘한 웃음을 짓더니 짐짓 화난 체했다.

"아직도 소저야? 아이를 가져서 배가 나온 소저를 본 적이 있어?"

"네?"

"제대로 불러 줘. 난 이제 더 이상 당신의 소저가 아냐."

"어, 그러니까……."

진자강이 당황하면서도 애를 쓰며 대답했다.

"부, 부인?"

당하란은 소리 없이 웃음을 터뜨렸다.

"좋아. 용기 없는 말투였지만, 어쨌든 나도 이제 무엇이든 감당할 용기가 생겼네."

"무슨 뜻입니까?"

"잊었어? 당씨 가문에는 자손이 귀해. 최악의 경우가 된다면 나는 다시 돌아갈 거야."

당하란이 미소를 지으며 진자강에게 말했다.

"그러니 그때가 되면 당신은 다시 나를 데리러 와야 해. 물론 그런 일이 생기지 않도록 최선을 다할 테지만."

진자강과 당하란은 서로의 손을 꼭 잡았다.

얼마나 더 자신이 살아갈 수 있을지 장담할 수도 없는 이 가혹한 세상에서 짧은 만남으로 시작하여 불태운 짧은 인연, 그리고 이 밤이 지나면 다시 볼 수 있을지 알 수 없는…….

진자강은 이를 깨물고 다짐했다.

"강해지겠습니다. 죽지 않겠습니다. 그리고 최선을 다해 돌아갈 겁니다."

당하란이 웃으면서 되물었다.

"누구에게?"

"그야 물론……."

진자강이 당하란을 마주 보며 웃었다.

*　　　*　　　*

당하란은 이튿날 떠났다.

진자강은 당하란을 걱정했지만, 그건 사실 괜한 염려에 지나지 않았다.

진자강이 강해졌다고 해도 당하란 역시 여전히 강하다. 스스로의 몸 정도는 지킬 수 있는 무인이다. 게다가 사천은 그녀가 나고 자란 장소.

혼자라면 진자강보다도 훨씬 더 자유롭게 돌아다닐 수 있는 것이다.

진자강은 폭포 아래에서 차가운 물줄기를 맞으며 명상에 잠겼다.

어젯밤의 일 때문에 아직까지도 가슴이 두근거려 집중할 수가 없었다. 미래에 대한 걱정과 고민, 우려 그리고 환희와 기쁨. 형언할 수 없는 복잡한 감정과 생각이 자꾸만 진자강의 주의를 산만하게 만들었다.

하나 이런 상태로는 귀주의 무림총연맹 지부는커녕 그곳

까지 가기 전에 죽을 수도 있다. 귀주의 일을 무사히 끝내야 진자강은 스스로를 살리고 복수에도 한 걸음 더 다가갈 수 있다.

진자강은 최대한 기분을 가라앉히며 상념을 떨쳐 버렸다.

무려 반나절이나 지나 온몸이 얼음장처럼 차가워진 후에야 진자강은 머리가 개운해지는 것을 느꼈다.

청성산에 남은 편복과 소소도 그랬고, 당하란도 마찬가지였다. 자신들의 길을 스스로 선택하고 결정했다.

이제 진자강도 마찬가지다.

다시금 자신의 길로 돌아갈 때가 되었다.

살아남기 위해서 수라가 되어야 한다!

*　　*　　*

귀주의 무림총연맹 지부.

이 층, 삼 층의 직사각형 형태로 저택들이 절벽을 등지고 강을 따라 빼곡하게 들어서 있다.

지리적으로 광서에 좀 더 가까운 탓에 고상식(高床式) 간란목루(干欄木樓)의 형태를 띠고 있다.

목재로 기둥을 만들고 마루를 기둥 위에 얹어 그 위쪽으로 집을 짓는 방식이다. 산이 많고 습하여 독사와 독충 따위가 많은 탓에 지상으로부터 주거지를 높이 띄워 짓는 것이다.

저택의 외부로는 여러 개의 난간과 계단을 놓아, 다른 저택을 공중에서 오갈 수 있도록 연결했다. 외부에서 보면 다소 복잡해 보이는 형태다.

진자강은 울타리가 처진 지부의 근처를 맴돌며 관찰했다.

'하인들이 스무 명 남짓. 주방에서 나오는 그릇의 수를 확인해 보면 지부에 있는 무사는 대략 여든 명.'

이제껏 상대해 왔던 숫자들보다는 훨씬 적은 수였다. 물론 검호대까지 차출되어 나갔다고는 해도 운남 독문과는 비교하기 어려운 전력을 가지고 있을 것이었다.

'하지만 지금의 나라면 정면으로 상대해도 승산이 있다.'

진자강은 잠시 눈을 감았다.

소소의 얼굴이 떠올랐다.

귀주 약문도 운남 약문과 마찬가지로 공격을 당했다.

그때 얼마나 잔인하고 끔찍한 일들이 저질러졌을까.

한참 어린 나이였을 소소의 혀까지 자르는 만행을 저질 렀으니!

그것을 방관하고, 또 한편으로는 독문에 협조하여 귀주 약문을 몰살하는 데 일조한 무림총연맹 귀주 지부를 용서할 수가 없는 것이다.

편복은 소소가 왜 사파에 몸을 담게 되었는지 말해 주었다.

　—귀주 약문에는 실력 있는 고수가 많아서 독문은 대대적으로 공격을 감행했음에도 귀주 약문을 쉽게 함락시키지 못했다네. 약문의 협사들은 노약자들을 무림총연맹 귀주 지부로 도피시키고 결사 항쟁에 나섰지. 하지만…… 무림총연맹은 자신들을 믿고 보내온 노약자들을 인질로 삼아…… 귀주 약문을 무장해제시켰네. 뭐, 그다음 벌어진 일들이야 뻔하지.

물론 편복은 진자강이 알고 있던 것과 다른 말도 했었다.

약문이 먼저 독문을 공격했다고.

그래서 벌어진 일이라고.

그러나 어느 쪽의 말이 진실이든, 자신들에게 몸을 의탁한 이들을 배신하고 당시 여덟 살도 채 되지 않은 어린 소녀의 혀를 자른 것은 결코 용납할 수 없는 비열한 행위였다.

그리고 그 결정에 가장 많은 영향을 끼친 것은 다름 아닌 귀주의 지부장인 금복상인(金福商人) 해막.

진자강이 귀주에 들어와 주변에서 정보를 알아본 바, 금복상인 해막은 본래 상인으로 귀주에서 큰 상단을 이끌고 있었는데 무림총연맹에 들어오면서 막대한 금력으로 지부장의 자리를 차지했다는 소문이 있었다.

물론 지부장이 된 후에는 무림총연맹의 이름을 빌려 들인 돈보다 더욱 많은 이득을 챙겼다는 뒷소문이 무성하기도 했다. 하나 별다른 거대 문파가 없는 귀주에서는 이미 그의 영향력이 막대하여 거스를 자가 없었다.

철저하게 이해득실을 따지고 손해 보는 일은 절대 하지 않아 별호에조차 상인(商人)이 그대로 붙었을 정도였다.

그런 그가 위쪽에서 명령이 내려왔을 때 그대로 따랐다는 것은 결국 스스로 득실을 따지고 행동했다는 것.

스스로의 판단에 의해 손을 더럽혔다면 그 대가를 치러야 한다.

진자강은 천천히 눈을 떴다.

"내 할 일이 끝나면, 어떤 추악한 면상을 하고 있는 자인지 그 얼굴을 보러 가리다."

쉬익, 쉬익.

진자강의 손에 들린 뱀이 위협적인 소리를 냈다. 뱀이 손을 물었는지 진자강의 손이 퉁퉁 부어 있었다.

진자강은 뱀을 놓아주고 한참을 더 지부의 저택들을 지켜보다가 자리를 떠났다.

*　　　*　　　*

무림총연맹 귀주 지부에 돌연 예고장이 도착했다.

예고장은 종이가 아니라 문 안쪽으로 던져진 시체였다. 순찰하던 무사의 시체의 가슴 위에 혈흔으로 글자가 쓰여 있었다.

오살(鏖殺)

오살이라는 것은 한 사람도 남기지 않고 죽이겠다는 뜻의 말이다.

시체는 중독되어 팔다리가 퉁퉁 붓고 온 얼굴이 거무튀튀해져 누군지 알아볼 수도 없을 정도로 혐오스러운 모습이었다.

"어떤 미친놈이?"

귀주 지부장 금복상인 해막은 오십 대의 고수로 무림인답지 않게 값비싼 비단옷을 걸친 자였다. 건장한 체구에 커다란 철주판을 옆구리에 끼고 뒷짐을 진 채였다.

해막이 손에 장갑을 끼고 시체를 이리저리 확인했다.

"독을 다루는 놈에게 당한 게 분명해. 무림총연맹에 반기를 드는 놈인가?"

해막은 시체를 보며 생각에 잠겼다. 누가 이럴 수 있는지 여러모로 따져보는 것이었다.

어쩌면 청성산으로 가지 못한 사파의 일부가 눈길을 끌기 위해 소동을 벌이는 짓일 수도 있다.

잠시 생각하던 해막이 시체를 치우도록 하고 명령했다.

"어느 쪽이든 조심해서 나쁠 것은 없겠지. 오늘부터 외부 경비 숫자를 늘리고 물과 먹을 것의 안에는 독이 있는지 각별히 확인해라."

"예!"

한데 한 번뿐이 아니었다. 그날 점심과 저녁에도 순찰 중이던 무사들이 독으로 죽어 시체로 발견되었다.

똑같이 가슴에는 오살이라는 글자가 쓰여 있었다. 특히나 다섯 번째 시체에는 '사 일 남았다'고 시간까지 명시해 두었다.

"이놈이?"

해막의 눈이 일그러졌다.

아무래도 단순한 위협이라고 보기 어려워졌다.

상황이 이쯤 되니 해막도 더는 경시할 수 없게 됐다.

"검호대가 돌아올 때까지 외부 순찰을 금지하겠다. 앞으로 사 일간은 누구도 한 걸음도 밖으로 나가지 말고 외곽 경비를 최대로 늘려라!"

해막은 생각에 잠겼다.

"독을 쓰는 자라면……."

최근에 떠오르는 이름은 하나밖에 없었다.

"독룡?"

독룡은 청성산에 있다고 알려져 있지 않은가. 그리고 청성산은 아미파와 당가, 또 인근의 무림총연맹 가입 문파들이 모두 포위한 것으로 알고 있었다.

하필이면 검호대가 빠져나간 상황에서 전력이 약해진 귀주 지부를 노리는 놈이 있을 줄이야. 마치 빈집털이를 하러 오겠다는 투가 아닌가.

다른 무사들이 물었다.

"시체는 어떻게 할까요?"

"뒤쪽 동굴에 넣어 두고 짐승들에게 먹히지 않도록 입구를 봉쇄해 둬. 이 일이 끝나면 장례를 치러 줘야지."

두어 명의 무사들이 코와 입을 막고 들것으로 시체를 옮기는 동안 다른 무사들은 경계를 강화하고 열두 시진 비상 체제로 돌입했다.

＊　　　＊　　　＊

동굴에는 독살당한 시체들이 거적에 쌓여 뉘어 있었다.

밤이 되자, 그중 한 곳의 거적이 들썩거렸다.

거적이 조심스럽게 치워지고 시체가 몸을 일으켰다. 퉁퉁 부었던 몸은 어느새 다 가라앉고 멀쩡한 상태였다.

진자강이다.

우두둑.

진자강은 뻣뻣해진 몸을 풀고는 차가운 동굴의 바닥에서 일어났다.

이곳은 지부의 저택 뒤쪽의 절벽에 난 자연 동굴이다. 입구는 짐승들이 들어오지 못하게 나무판자로 막혀 있었다.

진자강은 손목에 찬 탈혼사에 내공을 넣어 분리시켰다.

같은 수법으로 죽은 시체를, 그것도 중독되어 죽은 시체를 자세하게 뒤져 보지는 않는다. 진자강은 마지막 시체가 되어 들어왔고 아무도 진자강의 불어 터진 몸을 뒤질 엄두를 내지 않았다.

덕분에 탈혼사와 무기는 고스란히 진자강이 몸에 지닌 채다.

진자강은 탈혼사로 나무판자의 일부를 깨끗하게 잘라 냈다. 밖으로 나와서 자른 모양 그대로 덮어 두었더니 티도

나지 않았다.

밖에는 당연하다 싶게도 보초가 없었다.

대부분의 인원은 열두 시진 내내 교대로 저택 외곽에서 외부를 향해 경계하고 있다. 바깥에서 누가 쳐들어오지 않는지 온 신경을 곤두세우고 있다.

그런 와중에 누가 시체 따위를 지키겠는가.

외부에 대한 감시 때문에 내부는 상대적으로 경계가 적다.

진자강은 예상했던 대로 수월하게 내부를 돌아다닐 수 있게 됐다. 그리고 이미 무사들의 입을 통해 자신이 찾아야 할 사람이 누구인지도 알고 있었다.

진자강은 주변에서 작은 돌멩이를 주워 품에 넣고 이동했다.

\*       \*       \*

절벽에는 여러 개의 동굴이 나 있고, 그 동굴들은 저택과 길이 연결되어 있어서 여러 가지 용도로 쓰이고 있었다. 그중 다섯 채의 저택으로 둘러싸인 듯한 모양새로 큰 동굴이 있는데, 그곳이 바로 감옥이었다.

앞에 보초 한 명이 지키고 서 있었다. 평소에는 두 명씩

선다고 들었다. 하나 외곽 경계를 위해 최대한 안쪽의 보초
수를 줄인 것이다.

진자강은 밖에서 기다리고 있다가 보초가 잠시 소피를
보러 옆으로 돌아간 사이, 아무렇지 않게 동굴 안으로 들어
갔다.

동굴 곳곳의 굴에 갇힌 죄수들이 잠에서 깨어 힐끗거리
며 진자강을 쳐다보았지만 아무 말도 하지 않았다.

진자강은 동굴의 가장 깊은 곳까지 걸어 들어갔다.

유난히 틀어박힌 쇠창살이 두꺼운 굴 안에 한 노인이 있
었다.

진자강은 그를 보는 순간, 아니 정확히 말하자면 그가 아
닌 그가 갇힌 굴 안을 보는 순간 자신이 찾던 사람인 걸 알
수 있었다.

온 벽과 바닥에 격자무늬의 선이 그어져 있는데 거기에
동그란 점들이 찍혀 있었던 것이다.

그것은 분명히 바둑판을 그린 모양이었다. 아마 작은 돌
같은 것으로 긁어서 그린 듯 수 개, 수십 개의 바둑판이 온
굴 안에 그려져 있었다.

그러나 바둑판과 바둑알을 그려 놓고 다시 그 위를 마구
긁어서 훼손한 탓에 어떤 기보(棋譜)를 그린 것인지는 알
수 없었다.

진자강은 쇠창살의 앞에 섰다.

노인이 눈을 떴다.

육십 대가 훨씬 넘은 듯한 나이의 그는 피골이 상접하여 누더기를 입고 있었지만 한밤중임에도 불구하고 정좌로 앉아서 선비처럼 허리를 펴고 곧은 자세를 하고 있었다.

노인의 눈빛은 생각보다 탁하지 않았다. 감옥에 있어 내공을 봉쇄당했을 것임에 분명할 텐데도 의외로 정정해 보이기까지 했다.

노인이 진자강을 쳐다보았다.

진자강이 아무 말을 하지 않았기 때문에 노인도 별말을 하지 않았다.

진자강은 탈혼사로 쇠창살의 자물쇠를 끊어 냈다.

"탈혼사라…… 오랜만에 보는 물건이군."

걸걸한 노인의 말투였다.

"그런데 참 이상한 놈이로구나. 왜 잠기지도 않은 문의 자물쇠를 괜히 망가뜨리느냐."

노인의 말에 진자강이 멈칫했다. 쇠창살을 확인해 보니 열려 있었다. 원하면 어느 때든 그냥 문을 열고 나올 수 있는 상태인 것이다.

"그렇군요. 실례했습니다."

"한밤중에 열쇠도 없이 자물쇠를 자르고 들어온 걸 보니 멀쩡한 놈은 아니구나.”

진자강이 감옥 안으로 들어갔다.

노인은 재밌다는 듯이 진자강을 보았다.

“그간 여러 명이 찾아왔었지만 너 같은 분위기를 풍기는
놈은 처음이다. 자, 오늘은 어떤 일로 왔느냐?”

진자강이 가만히 말했다.

“바둑 한 판 두시겠습니까.”

“…….”

잠시 진자강을 바라보던 노인의 눈에 잠깐의 이채가 스
쳐 지나갔다.

돌연 다른 굴의 죄수가 진자강에게 말했다.

“애송이. 건방지구나! 그분이 뉘신 줄 알고!”

진자강이 대답했다.

“누군지 모릅니다.”

노인이 되물었다.

“모른다고? 그런데 날 찾아왔어?”

다른 굴의 죄수가 다시 진자강을 위협했다.

“이놈, 사지가 찢겨 죽고 싶으냐?”

노인이 죄수를 만류했다.

“시끄러우니까 닥치고 있어라.”

순식간에 죄수가 입을 다물었다.

"바둑이라…… 좋지. 일단 앉아 봐라."

노인은 옆쪽을 가리켰다. 아무것도 놓지 않고 선만 그어진 바둑판이 그려져 있었다.

진자강이 자잘하게 긁어서 들고 온 돌멩이들을 바닥에 내려놓았다. 그러곤 자신도 자리에 앉았다.

"방각은 준비하지 못했습니다. 그리고 저는 예쁘게 돌을 깎을 재주도 없습니다."

방각이란 말에 다시 한번 노인의 눈이 이채를 발했다.

"감옥에서 호사스럽게 방각은 무슨. 감옥에 어울리는 바둑돌이라면 내게 있다."

노인이 정말로 바둑돌을 한 줌 내밀어 앞에 놓았다. 그런데 색이 좀 이상했다. 하나는 누르스름하고 하나는 거무튀튀하다.

진자강은 노인이 내민 바둑돌을 만져 보았다.

그것은 바둑돌이 아니라 사람의 뼈였다. 인골을 깎아 바둑돌로 만든 것이다!

아마도 검은색의 돌은 피를 입히고 굳혀 그런 색이 나온 듯했다.

하지만 바둑돌 자체는 매우 매끈하게 잘 깎여 있었다.

진자강은 노인을 쳐다보았다. 노인의 눈이 기이한 빛을 띠며 웃고 있었다.

"겁도 없이 나를 찾아와 바둑을 두겠다고 한 놈들의 정강이뼈다. 그래 놓고 제대로 못 두면 그 자리에서 정강이뼈를 뽑아 이 돌을 만들었지."

"바둑을 목숨을 걸고 두어야 합니까?"

노인이 정색했다.

"누가 바둑에 목숨을 거느냐. 정강이뼈 하나면 족하지."

"바둑을 잘못 두면 정강이뼈를 빼앗기게 되는 거군요."

"아니. 자신들은 아무것도 걸지 않고 내게서 필요한 걸 얻어 가려 하니 당연한 일 아니겠느냐. 나는 그 꼴을 보면 배알이 뒤틀려서 참지를 못하겠더구나. 남이 평생을 걸려 얻은 걸 탈취(奪取)하고 싶으면 자기의 정강이뼈 정도는 걸어야지."

노인이 돌을 내밀며 웃었다.

"어때. 너도 정강이뼈를 걸고 한 판 두어 보겠느냐?"

섬뜩한 웃음.

하지만 진자강은 표정의 변화 없이 담담했다. 이 정도로 겁을 먹는다면 여기에 들어오지도 못했을 것이다.

"그러자고 이미 말씀드렸습니다."

"대담한 녀석이구나. 좋다. 하면 어떤 돌을 쥐겠느냐."

진자강은 붉은 피가 굳어져 만들어진 바둑돌을 골랐다.

노인이 물었다.

"내가 먼저 둘까?"

"아뇨. 제가 먼저, 소목에 두겠습니다."

탁.

진자강이 첫 알을 두었다.

노인은 진자강을 빤히 보더니 자신의 돌을 들어 화점에 놓았다.

탁.

노인이 진자강에게 물었다.

"그런데 문득 이런 생각이 드는구나. 몰래 들어온 놈이라면 이렇게 한가해도 되는지?"

"괜찮을 겁니다. 아마."

"조금 후면 날이 밝을 게다만."

"어차피 죽은 사람을 찾는 이는 없을 겁니다."

뒤쪽 굴의 죄수가 둘의 말을 듣고 있었는지 끼어들었다.

"목호(穆護)! 놈의 수작에 넘어가지 마십시오. 아무래도 이상한 놈입니다."

"이놈이, 입 닥치라니까!"

노인은 갑자기 노해서는 부르짖으며 바둑돌을 창살 밖으로 던졌다.

피잉!

어두워서 잘 보이지도 않는 곳에서 '억!' 하는 짧은 신음이 튀어나왔다.

"지금은 발가락 하나로 봐준다. 다음엔 하나밖에 안 남은 왼쪽 눈알에 박아 버릴 테다."

"죄, 죄송합니다."

그것은 결코 무공을 잃은 이의 손놀림이 아니었다.

"놀랐느냐?"

"아뇨. 제가 제대로 찾아온 것 같다는 생각이 들었습니다."

목호. 그건 현교의 승려를 일컫는 말이었다.

"그럼, 두시죠."

"오냐."

노인은 진자강의 재촉에 다음 수를 두었다.

그것은 무암 존사가 진자강에게 가르친 자리와 꼭 같았다. 진자강은 무암 존사가 놓던 자리에 다음 수를 두어 대응했다.

노인의 눈썹이 움찔거렸다.

탁.

타악.

말없이 수가 이어졌다.

진자강은 무암 존사가 되어 무암 존사가 놓았던 대로 돌을 놓았다. 노인은 무암 존사가 진자강에게 가르친 자리에 돌을 두었다.

한 치의 오차도 없이 그 판 그대로가 이어지고 있었다.

탁.

돌을 놓는 노인의 손이 가늘게 떨렸다.

노인의 표정은 점점 더 굳어져 갔다. 노인이 한참 만에야 입을 떼었다.

"그와 무슨 관계냐?"

"얼마 전에 바둑을 배웠을 뿐입니다."

"웃기지 마라. 길 가는 놈 아무에게나 이 바둑을 가르친다고? 이 바둑에 어떤 의미가 담겼는지 알아?"

진자강은 대답하지 않고 다음 수를 두었다.

탁.

"노인장의 차례입니다."

"이놈……."

노인은 눈을 부라렸다. 결코 감옥에 갇힌 쇠약한 노인이 아니었다. 살기가 등등해서 진자강이 한 수만 잘못 두면 그대로 작살을 내 버리겠다는 듯한 투의 눈빛이었다.

바둑판에 돌이 계속해서 채워져 갔다.

노인의 살기등등한 기세는 점점 진해졌다. 하나 이제는 아무 말도 하지 않고 바둑에만 매진했다.

탁! 타악!

놓는 속도도 빨라졌다.

진자강은 이미 외고 또 외운 대로 돌을 놓아 갔다.

어느덧 바둑판은 무암 존사가 알려 준 기보의 끄트머리에 이르렀다.

탁!

자신의 차례에 한 수를 둔 노인이 잔뜩 흥분한 듯 거칠게 숨을 쉬며 진자강을 노려보았다.

여기까지가 그가 기억하는 마지막이었다.

바로 다음이, 그가 십 년을 기다려 왔던 다음 수인 것이다. 그다음에 무암 존사가 어떤 곳에 둘지 혼자서 생각하고 예상하기를 십 년.

십 년 만에 드디어 그의 전인을 통해 바둑을 이을 수 있게 되었다.

이제야 사십 년 바둑의 마무리를 지을 수 있게 된 것이다.

"자…… 두어라."

노인이 진자강을 재촉했다.

사십 년, 사십 년을 기다렸던 대국이었다. 십 년 동안 다음 수를 기다렸으나 이 짧은 순간을 기다리는 것이 더욱 힘든 노인이었다.

더 이상 노인은 자신의 앞에 있는 것을 진자강으로 보지 않았다. 그의 앞에 있는 것은 무암 존사였다.

노인은 마침내 사십 년 바둑의 끝을 맺을 수 있게 된다는 희열에 들떴다.

그때에 진자강은 더 이상 인골로 만든 바둑돌을 들지 않았다. 대신 고이 간직해 두었던 홍마노로 만든 바둑돌을 꺼냈다. 무암 존사가 직접 깎은 홍마노다. 그리고 그것을 마지막에 무암 존사가 두었던 그 자리에 힘껏 내려놓았다.

딱!

그 순간 노인의 표정이 완전히 달라졌다. 노인은 갑자기 멍한 듯 바둑판을 보았다.

한동안 말이 없던 노인이 물었다.

"정말…… 정말 거기가 확실하냐?"

진자강은 자리에서 일어나 노인에게 절을 했다.

"제가 전할 것은 여기까집니다. 그것이 마지막으로 알려주신 자리였습니다. 더 이상은 없습니다."

"너는 그게 어떤 자리인지 아느냐?"

진자강은 바둑을 모르니 당연히 모른다.

"모릅니다."

"그렇겠지!"

노인은 뭐라 이루 형언할 수 없는 엉망인 표정을 지으며 말했다.

"불계패(不計敗)다. 넌 지금 바둑판이 아닌 곳에 둔 거다."

불계패라는 것은 집을 계산하지 않고 스스로 졌음을 인정하는 것이다.

이미 잡아먹은 상대방의 돌을 자신의 차례에 놓거나, 자신의 돌을 놓지 말아야 할 자리에 놓기도 하는 등 여러 가지 방법으로 패배를 표시한다. 이른바 돌을 던진다는 말로 대신한다.

조금 전 진자강이 놓아야 할 바둑판의 눈금이 아니라 바둑판 밖 엉뚱한 곳에 놓은 것도 같은 의미다.

무암 존사는 진자강을 통해 패배 의사를 드러냈다.

"십 년을 기다린 끝에 얻은 것이 불계패라니……."

노인은 한동안 말없이 바둑판을 내려다보았다. 일견 허탈한 표정을 지었다가 무슨 생각이 들었는지 곰곰이 의미를 되새겼다.

밖에서 아까부터 시끄럽게 끼어들던 죄수가 또다시 끼어들었다.

"목호. 것 보십쇼. 이상한 놈이잖습니까. 있는 대로 으스대다가 한다는 것이 고작 불계패라니요. 그게 말이 됩니까? 그냥 하던 대로 정강이뼈를 뽑아내시죠……."

노인이 돌멩이를 건들지도 않고 손가락을 뻗었다.

마치 쥐가 우는 듯 찍! 하는 소리가 나며 지풍이 쏘아졌다. 진자강이 무공에 견식이 높았다면 그것이 현교의 상승무공인 정뢰극지(精雷戟指)라는 지풍인 것을 알아보았을 터였으나 당연히 알 수 없었다.

동시에 다급한 신음이 울렸다.

"으헉!"

티잉!

지풍이 뭔가에 맞고 튕겨 나는 소리가 들렸다. 아마도 말했던 대로 왼쪽 눈을 향해 지풍을 쏘았던 것 같았다.

노인이 이를 갈며 창살 바깥을 향해 소리쳤다.

"남을 해하고 싶은 마음을 먹었으면 네놈도 뭔가를 걸라고 했지!"

"죄, 죄송합니다! 소인의 하나 남은 눈만은 부디……."

"내가 허언하는 걸 본 적 있느냐? 스스로 뽑아라."

"목호! 잘못했습니다요."

진자강이 말렸다.

"제 정강이뼈는 아직 무사하니까, 잠시 고정하시지요."

"네 정강이뼈가 무사할 거라고 어떻게 장담하느냐?"

하나 노인은 정작 그 말을 내뱉고서도 다시 씁쓸한 얼굴이 되어 바둑판을 내려다보았다.

"됐다. 눈은 내버려 두어라."

"감사합니다, 목호!"

노인은 홍마노를 손으로 만지작거렸다.

"이건 누가 뭐래도 그 친구의 솜씨가 틀림없다. 나는 네가 그 친구가 보낸 것을 믿는다."

노인이 잠시 회한에 잠겨 있다가 진자강에게 물었다.

"그런데 너는 왜 내게 절을 했느냐."

"무암 존사께서는 제게 직접적으로 말씀하지 않으셨지만, 저를 전령(傳令)으로 생각하신 것 같았습니다. 그러니 무암 존사를 대신하는 입장으로 마땅히 예를 취했을 뿐입니다."

노인이 피식 웃었다.

"그것 때문에 네 목이 달아날 수 있는데도? 백도에서 나를 안다는 게 소문나는 순간, 너는 죽는다."

"……."

진자강은 무슨 의미인지 몰라 아무런 대답을 하지 않았다.

"너는 참으로 희한한 녀석이다. 내가 누구인지, 무암과 무슨 관계인지 궁금할 텐데도 무겁게 입을 닫고 있어. 마음에 든다."

"노인장께서도 제가 누구인지, 어떤 자인지 묻지 않으셨습니다."

"네가 누구인지는 알 필요도 없고 별로 알고 싶지도 않다. 무암이 보낸 놈. 나는 그것만으로 너를 신뢰한다."

진자강이 가만히 있자 노인이 되물었다.

"왜 고맙다고 말하지 않느냐?"

"신뢰하든 불신하든 노인장의 뜻이니 제가 고마워할 일은 아니지 않겠습니까."

"흐흐흐, 묘하게 재밌는 놈이구나. 그러거나 말거나 나는 네가 마음에 드니 네게 한 번의 기회를 주마."

"어떤 기회입니까?"

"만일 네가 강호에 발붙이고 살고 싶다면 지금 이 자리에서 조용히 떠나라. 아무 일도 없었던 듯이. 그리고 나를 만났다는 얘기를 누구에게도 하지 말거라. 죽을 때까지."

진자강은 곧바로 대답했다.

"노인장이 뉘신지는 모르나, 죽지 않으려고 온 것이기에 그냥 돌아간다면 이미 죽는 것과 다름이 없습니다. 현교의 목호를 만났다는 이유로 강호의 공적이 된다 한들 지금보다 나빠질 건 없는 것 같습니다."

노인이 웃었다.

"겨우 그 정도로 내가 가라 마라 한 것일까? 그래. 어쨌든 좋다. 네놈도 옥허구광 오뢰합마공을 노리고 온 것이겠지?"

"그렇습니다."

노인은 잠시 진자강을 보더니 물었다.

"청성파는 어찌 되었느냐?"

"청성산을 두고 떠났습니다."

앞뒤 맥락도 없이 한 말인데 노인은 어느 정도 짐작한 듯했다.

"무암은, 편히 갔고?"

"청성산에 홀로 남으셨습니다. 제가 떠나올 때까지는 등선하지 않으셨습니다만, 왜 그리 말씀하셨는지 여쭈어도 되겠습니까?"

"네가 짐작하였듯, 나는 현교의 교인이다. 나와의 관계가 세상에 드러날지도 모르는데 너를 내게 보낸 이유가 무엇이겠느냐. 드러나도 상관없는 상황이 되었다는 뜻이겠지."

"그렇군요."

"그리고 우리의 이 바둑…… 사십 년을 이어 온 바둑을 끝내 버렸다. 사실은 내가 한 집 반 정도 불리한 형국이었는데도…… 그것은 더 이상 무암이 바둑을 둘 수 없게 되었다는 뜻이 아니겠느냐."

노인은 다소 울적한 투로 말을 이었다.

"무암은 내게 한을 남겨 주지 않으려 돌을 던진 것이다. 진작에 내가 패배한 걸 인정했다면 이런 일도 벌어지지 않았을 것이니……."

진자강도 그제야 명확하게 깨달았다.

무암 존사는 스스로 죽을 생각으로 청성산에 남은 것이다.

하나 그것은 어디까지나 무암 존사의 선택.

누가 말릴 수도, 말려서도 안 되는 청성파 장문인으로서의 결정이었다.

그것을 알기에 노인은 울적해 했다. 그러면서도 한편으로는 살기를 품었다.

"사십 년의 바둑 친구[碁友]를 잃었구나. 생각 같아서야 오늘은 아무것도 하고 싶지 않으나, 무암이 죽을 생각을 했다면 머잖아 이곳에도 놈들이 들이닥칠 터. 네게 필요한 걸 주고 떠나야겠다."

떠난다는 말이 희한하게 들렸다.

그건 노인이 감옥에 갇혀 있는 게 아니라 자의로 남아 있다는 뜻 같았다.

그러고 보니 감옥에 있는데도 자물쇠가 걸려 있지 않았고, 노인의 무공도 폐쇄되어 있지 않았다.

도대체 어떤 사정인지 진자강도 궁금해지지 않을 수가 없었다.

노인이 진자강에게 말했다.

"나는 네가 원하는 걸 주겠다. 대신 너는 무암을 위해 한 놈을 죽여야겠다. 다만 네가 그만큼 강해지지 못한다면 포기해도 된다. 어떠냐?"

노인의 살기가 더욱 짙어졌다. 그러나 그건 진자강을 향한 살기가 아니었다. 하지만 진자강은 곧바로 수긍하지 않았다.

"듣고 결정하겠습니다."

그 말이 노인에게 더욱 진자강에 대한 신뢰를 주었다. 노인이 원수의 이름을 말했다.

"백리중이란 놈이다."

이름을 들은 순간 진자강은 동요했다.

"백리중. 금강천검이라 불리는 놈이었다. 아마 무암이 죽는다면 적어도 그놈이 관여했거나, 그놈에 의해서가 될 것이다……."

진자강은 즉시 대답할 수 있었다.

"죽이겠습니다. 반드시."

노인이 살기 어린 투로 웃었다.

"아는 놈인 듯하니 잘되었구나. 원한을 많이 사는 놈은 이래서 말년이 흉흉한 법이지, 흐흐흐."

웃던 노인이 손을 뒤로 뻗었다. 뒤에 쌓여 있던 것에서 하나를 골라냈다.

"약속을 받았으니 나도 줄 건 줘야겠지."

노인이 손을 내밀었다. 거기에는 뼈가 들려 있었다. 바둑돌의 재료가 되었던 사람의 정강이뼈다.

"끝을 잡아 봐라."

진자강은 무심코 뼈를 쥐려 했으나 노인이 아무 생각 없이 뼈를 내밀었을 거라는 생각이 들지 않았다.

과연, 자세히 보니 뼈가 극히 미세하게 진동하고 있었다. 그냥 잡을 수 있는 게 아니다. 어떻게 한 것인지는 모르나 노인의 내공이 깃들어 있다. 이것은 일종의 시험이다.

진자강은 심호흡을 하고 뼈를 잡았다.

파아아악!

뼈에 손가락을 댄 순간 손가락이 뒤틀리며 꼬였다. 손목, 팔꿈치, 어깨 그리고 머리와 허리까지.

손가락에서 시작된 뒤틀림이 진자강의 전신으로 이동했다. 진자강은 빨래를 쥐어짜듯이 온몸의 근육과 뼈가 비틀렸다. 간질을 앓는 병자처럼 온몸을 꼬며 몸을 떨어 댔다.

'어, 엄청난 와류다!'

옥허구광 오뢰합마공이 일으키는 와류에 진자강의 몸이

휩쓸려 버린 것이다.

진자강은 고통에 이를 악물었다.

금방이라도 관절이 어긋나서 뼈가 관절과 살을 뚫고 튀어나올 것 같았다.

특히나 왼쪽 무릎이 심하게 뒤틀려 부풀어 오르기 시작한다. 대퇴골과 맞붙은 정강이뼈가 틀려서 십자형의 인대가 끊어질 듯했다. 관절이 밀리며 무릎뼈가 옆으로 돌고 정강이뼈가 툭 불거져 돌출되고 있다. 손가락에서 시작된 뒤틀림이 온몸을 휘감아 돌고 왼쪽 다리에 최대 하중이 몰리면서 관절과 뼈가 버티지 못하고 있었다.

"큭, 크으윽!"

진자강은 그제야 노인이 어떻게 정강이뼈를 뽑아냈는지 이유를 알게 되었다. 이대로라면 진자강의 정강이뼈도 살을 찢고 튀어나오게 될 것이다.

"뭘 하고 있느냐. 옥허구광 오뢰합마공을 일으켜라. 무암이 아무렴 아무것도 가르치지 않고 보내진 않았을 것 아니냐."

진자강은 화급하게 한 줌의 호흡으로 내공을 일으켰다. 광혈천공을 일으킨 후 옥허구광 오뢰합마공으로 폭주하는 내공을 다스렸다. 온순해진 내공을 기혈로 보내 정강이뼈에서부터 흘러들어 온 와류를 조금씩 상쇄시켰다.

몸이 배배 꼬여 있어서 기혈을 순환시키는 것이 쉽지 않았다. 겨우겨우 오른손부터 꼬인 팔과 어깨, 목의 와류를 상쇄시키고 원래대로 돌릴 수 있었다.

"옥허구광 오뢰합마공을 제대로 익히긴 한 모양이구나. 그럼 나머지도 풀어 보려무나."

하지만 남은 것이 하필 왼쪽 다리였다.

진자강의 왼쪽 기혈은 막혀 있어서 내공이 돌지 않았다. 내공을 주입하려 해도 좌반신의 기혈이 받아들이지 않는다.

"큭! 외, 왼쪽은……."

하지만 노인의 표정은 무덤덤했다.

"내가 가지고 있는 정강이뼈는 모두 오른쪽이다."

진자강은 깨달았다. 노인은 고의적으로 진자강의 왼쪽 다리에 와류를 흘려보낸 것이다.

"네가 일으킨 와류는 비정상적이다. 그 정도면 네 몸이 어떤 상태인지는 금세 알 수 있지."

진자강은 이를 악물었다.

무릎 쪽 관절 부근이 시뻘겋게 되고 정강이뼈가 계속해서 올라온다. 시험치고는 과하다. 힘줄이 끊겨서 정강이뼈가 튀어나오면 진자강은 평생 다리를 쓰지 못하게 된다.

노인이 말했다.

"너는 이미 혼원에 다다라 있다. 기는 상선약수, 물과 같아서 지류에서 흘러든 탁류(濁流)는 대하(大河)를 더럽히지 못한다. 와류는 대하의 일부이며 대하의 도도한 흐름을 막지 못한다. 혼원은 대하이며 대도(大道)이다. 대하는 모든 종류의 물을 포함하고 대도는 모든 도를 포용한다. 그것이 혼원이니라."

음양의 상호 전화!

결국에 음은 양이 되고 양이 음이 되는 경지.

이미 진자강은 일전에 이 같은 일을 경험한 바 있다. 그러나 아직 깨치지는 못했다. 노인은 놓아줄 생각이 없는 듯 보였다.

그렇다고 이대로 다리를 잃을 수는 없지 않은가!

진자강은 우반신의 내공을 최대한 돌리며 혼원에 의해 좌반신의 탁기를 끌어내려 애써 보았다. 기혈을 막고 있는 탁기를 녹여서 우반신으로 옮기면 기혈이 뚫릴 테고, 그 뚫린 기혈에 와류를 보냄으로써 왼쪽 다리의 부상을 막을 수 있을 터였다.

투툭.

우반신의 내공이 극한으로 돌면서 기혈이 터지고 핏물이 흘러나왔다. 동시에 좌반신이 반응하기 시작했다. 탁기가 녹아서 단단하던 기혈이 부드러워지는 게 느껴졌다.

하나 정순한 정기와 탁기가 평형을 이룬 상태이기 때문에 서로 옮겨지질 않았다. 상호 전화보다 상호 대립이 더 커서 완전한 평형을 이루는 중이었다.

평형을 깨려면 그것을 줄이거나 늘리는 방법뿐이다. 지금 당장은 무언가를 먹어서 늘릴 수 없으므로 줄이는 방법을 써야 한다.

진자강은 오른손에서 극양의 내공 발화법인 작열쌍린장을 일으켰다.

어떻게든 내공을 배출해 평형을 깨려는 것이다. 그에 맞춰 좌반신의 탁기도 움직였다. 모공과 손끝으로 탁기가 배출됐다.

진자강이 쏟아 낸 탁기의 일부는 정강이뼈를 타고 노인에까지 역류해서 흘러갔다.

"음?"

노인의 눈이 이채를 발했다.

모공에서 흘러나온 탁기가 방울방울 맺혀 있다가 작열쌍린장의 영향으로 기화되어 조금씩 동굴 안에 퍼지기 시작했다.

창살 밖 다른 감옥에서 계속 끼어들었던 죄수가 놀라 소리쳤다.

"우악, 깜짝이야! 어떤 새끼야! 어떤 새끼가 독을 뿌리고 있어!"

정강이뼈를 잡고 있던 노인도 독의 영향을 피하지 못했다. 정강이뼈의 내공을 타고 올라온 미량의 독이 손끝으로 침투했다.

노인의 안색이 푸르게 변했다가 다시 붉게 변하기를 반복했다. 눈 밑이 누렇게 되어 진물이 맺히기도 했다. 정강이뼈를 잡고 있는 손끝은 이미 시커멓게 변색되었다.

중독된 것이다.

아주 미량의 독에.

그의 내력을 생각하면 이것은 상상하기도 어려웠던 일이었다.

그는 거의 백독불침에 가까운 몸이다.

그런데 진자강의 탁기에 중독되어 버렸다.

그도 그럴 것이, 진자강의 탁기는 평범한 탁기가 아닌 때문이다.

백화절곡의 화정단심환은 독이 진자강의 몸에 퍼지지 않도록 독기에 들러붙어 기혈에 굳은 채로 자리했다. 이것은 진자강이 모르는 새에도 계속해서 독기를 빨아들이고 있었다.

망료가 진자강의 몸에 시험하고 먹인 독충들의 독이 심하게 퍼지지 않고 금세 사라진 것도 그런 이유였다. 화정단심환이 일정 이상의 독은 탁기로 흡수해 몸에서 돌지 못하게 기혈에서 굳혀 버린 것이다.

진자강이 독을 먹어서 단전에 쌓을 때 일부가 소실된다고 느꼈던 것도 당연했다. 소화된 것이 아니라 감당하지 못할 양은 탁기로 전환되어 쌓였기 때문이다.

우반신을 뚫어 내면서 좌반신의 탁기가 더욱 단단해진 것도 같은 이유였다. 기혈에 남아 있어야 할 독기가 갈 데가 없어지니 좌반신에 몰려서다.

그러니 그 탁기에는 온갖 독의 정수가 다 깃들어 있음은 물론이다.

오채오공으로 시작되어 망료가 주입한 온갖 독, 곤륜황석유의 독, 갱도에서 흡입한 독, 사황신수, 청철혈선사 및 최근에 먹어 댄 수많은 독초들까지.

모든 독의 정수가 조금씩 쌓여 만들어진 탁기였던 것이다!

독을 거부하는 백독불침의 신체가 있다면 진자강의 탁기는 그야말로 천독, 만독의 독기. 백독불침의 신체로도 버티기 어려운 극독의 향연이라 칭하지 않을 수 없었다.


모든 독이 총집합되어 만들어진 최악의 절대독(絕對毒).


진자강은 방금 그 사실을 깨달았다.

탁기가 아니라 독기라고 생각한 순간 온몸에 전율이 흘렀다.

탁기에도 진자강의 전율이 전해졌다. 드디어 탁기가 진자강의 제어를 받아들였다. 좌반신의 탁기가 기혈을 서서히 흐르기 시작한 것이다!

그것은 마치 진흙처럼 꾸물거리고 느렸지만, 제어를 받아들인다는 것만으로도 진자강에게는 놀라지 않을 수 없는 일이었다.

후우욱.

진자강의 몸에서 뿜어지는 탁기가 심해지면서 눈에 보일 정도로 뿌연 김이 어렸다가 천천히 가라앉았다.

죄수가 소리쳤다.

"목호! 괜찮으십니까!"

노인이 코피를 흘리며 껄껄 웃었다.

"나는 괜찮다. 재밌다 재밌다 했더니 정말로 재미난 놈이었구나! 혼원은 이루었으되 진정한 혼원이 되지 못한 이유를 알겠다."

노인이 탄식하듯 말을 내뱉었다.

"무암, 이 친구야. 자네는 도대체 내게 무얼 보낸 건가?"

노인은 더 버티지 못하고 정강이뼈를 놓았다. 거의 놓친 것에 가까웠다.

노인은 정강이뼈를 놓고 뒤로 물러났다. 동시에 진자강도 집중에서 깨어났다.

"쿠울럭!"

크게 피를 토했다.

"목호!"

"자꾸 부르지 마라, 이놈아! 말하기도 힘드니까!"

죄수는 크게 놀랐다. 노인이 말하기가 힘들 정도라고 하면 도대체 얼마나 심한 독이란 말인가!

진자강은 노인이 갑자기 멈추는 바람에 와류의 충격에서 벗어났으나 왠지 아쉬움이 남았다. 조금만 더 했으면 뭔가 몸에서 다른 변화가 일어날 수 있을 것 같았다.

노인이 코피를 닦으며 말했다.

"아쉬워하지 마라. 네놈 탓이니까. 와류를 쓰라고 했더니 독을 풀고 있느냐?"

스멀스멀.

진자강의 살갗 거죽에 올라왔던 탁기들은 진자강이 내공을 거두자 다시 천천히 스며들어서 기혈로 잠재되었다.

진자강은 아직 다소 얼떨떨했다. 지금껏 그냥 탁기인 줄로만 알았던 것이 사실은 엄청난 독이었으며 기혈을 운행시킬 수도 있음을 깨달았으니⋯⋯.

노인은 이미 가부좌를 틀고 운공에 들어갔다. 독을 몰아

내기 위해서였다.

다른 굴의 죄수도 한동안 조용한 것이, 아마 그도 운공을 하는 중인 듯했다.

한동안 운공을 마친 노인의 안색은 아까보다 훨씬 나아졌다. 노인은 시커먼 피가 섞인 침을 바닥에 뱉어내더니 개운해진 목소리로 말했다.

"네가 혼원에 이르렀음을 알았으니 이제 네게 올바른 구결을 전해 주겠다."

노인이 외쳤다.

"귀를 막아라."

진자강에게 한 얘기가 아니었다. 밖의 죄수가 즉시 대답했다.

"네!"

노인은 이어 곧 옥허구광 오뢰합마공의 구결을 진자강에게 알려 주기 시작했다. 진자강은 몇 번이나 되새기며 구결을 머릿속에 외웠다.

노인이 알려 준 옥허구광 오뢰합마공의 구결은 진자강이 단령경과 무암 존사를 통해 들은 구결과 거의 같으면서도 상이한 부분이 있었으며, 심지어 후반부가 전반부만큼이나 더 추가되어 있었다.

구결을 모두 불러 준 뒤 노인이 물었다.

"궁금한 것이 있느냐?"

이번이 아니면 다시는 들을 기회가 없을 수도 있다. 진자강은 알고 있던 것과 상이한 부분을 물었다.

"오뢰합마공은 다섯 개의 소용돌이를 일으켜서 와류충제(渦流衝堤)를 만들고, 다섯 가지의 와류는 각기 목화토금수의 오행(五行)을 상징한다고 들었습니다. 한데 그 부분에서 오행의 이야기가 없는 것 같습니다."

"그럴 수밖에."

노인이 설명했다.

"무암과 나는 각자의 무공을 받아 자신의 관점에서 달리 해석했다. 무암은 그 부분을 오행으로 비유하였으나, 사실 오행이 아니라 오뢰(五雷)였다. 만일 그것이 오행이었다면 오뢰합마공이 아니라 오행합마공이라 불러야겠지."

진자강은 더 의아했다.

"무암 존사는 청성파의 도인이지 않습니까. 그런데 왜 오행으로 바꾸신 겁니까?"

"무암은……."

노인은 잠시 말을 쉬었다가 이었다.

"자신이 연모하던 여인을 위해 옥허구광 오뢰합마공의 구결을 한 번 더 손보았다. 여인이 이해할 수 있는 쉬운 비유로 골라 썼다고 했다.”

“아아⋯⋯.”

진자강으로서는 이제야 풀리는 의문.

무암이 연모한 여인이 바로 단령경이었다. 하나 진자강
에게는 그게 그리 중요한 일이 아닌 것 같았다.

하나 노인은 달랐다.

“무암이 아무리 똑똑하다 한들 본래의 구결을 마음대로
바꿔서야 후반에 뜻이 이어지겠느냐. 그때에는 나이도 어
렸거니와 본 교의 오뢰진천공에 대한 이해도 낮았다. 결국
무암은 후반부의 구결을 완성하지 못하였다. 그러나 이전
에 이미 나 모르게 여인에게 구결을 전한 때문에 우리는 몇
번을 싸웠다. 또한 그 때문에 무암 본인이나 나 역시도 이
런 처지가 되고 말았지.”

노인은 회한에 잠긴 말을 내뱉었다.

“옥허구광 오뢰합마공이 우리 둘이 아닌 외부로 유출된
탓에 그 존재를 알게 된 자가 못된 마음을 품고 우리 사이
에 끼어들었던 게다.”

백리중!

“그자가 바로 백리중이다. 때문에 무암은 그자에게 연모
하던 여인을 빼앗겼고 여인은 집안이 풍비박산 났으며 나
는 여기에 감금되고 말았다. 백리중이란 자는 처음부터 옥

허구광 오뢰합마공의 구결을 노리고 여인에게 집근하였으나, 그것이 완전한 비급이 아님을 알고 무암과 나를 협박해 후반부를 얻어 내려 했다."

진자강이 물었다.

"외람되나 노인장께서는 감금된 상태가 아니신 것으로 보입니다."

"육체적으로 감금되지 않았다고 해서 감금이 아닌 것은 아니다. 나는 정신적으로 속박되어 약점을 잡힌 채, 스스로를 여기에 감금하게 되었다. 그 이유는……."

노인이 한참 동안 말을 잇지 못하자 진자강이 물었다.

"청성파의 장문인이 현교와 교류하면서 마공을 익히고 배웠다는 것을 빌미로 두 분을 협박한 것입니까?"

"아아, 물론 그러했지. 백리중이란 놈은 겉으로 호협하고 호탕한 자로 보이나 속으로는 음험하기 짝이 없는 놈이라, 그것으로 본인과 무암을 협박했다. 지금도 그자는 내가 본인의 협박 때문에 여기에 잡혀 있다 생각할 것이다."

노인이 백리중을 생각하며 코웃음을 쳤다.

"내가 바둑을 좋아한다는 것, 그리고 이곳에 스스로 감금하기 전 무암과 바둑을 두고 있던 걸 이용하여 내게서 후반부의 나머지 구결을 빼낼 작정으로 계속해서 사람을 보냈다. 덕분에 정강이뼈로 좋은 바둑알을 많이 만들 수 있었지."

"여기 남으신 다른 이유가 있었습니까?"

"그렇다. 나는 협박 때문이 아니라 다른 이유로 여기에 머물고 있었다."

노인이 말을 이었다.

"내가 무암에게 돌이킬 수 없는 죄를 저지른 때문이다. 나는 이곳에서 무암의 용서를 기다리고 있었다."

더욱 알 수 없는 이야기였다.

그러나 어쩐지 알 듯한.

진자강은 더 이상 묻기가 어려워졌다. 노인의 표정은 그만큼 처연하였다.

"그런데 네게 다른 말이 없이 기보만 알려 주었다는 걸 보니 그 친구는 결국 나를 용서해 주지 않고 나를 떠나보내려는 것이로구나. 나는 내가 지은 죄로 인하여 바둑 대결의 한이 남지 않은 것만 만족하여야 하는 모양이다."

불계패의 의미가 그러한 것이었던가.

만일 무암 존사가 노인을 용서했다면 최선을 다해 이기기 위한 수를 두었을 것 같았다. 그것이 사십 년간의 승부에 대한 예의다.

하나 무암 존사는 대국을 포기함으로써 노인과의 승부를 억지로 종식시키고 말았다.

노인이 말했다.

"그러나 그것도 오늘이 끝이다. 무암이 나를 용서하지 않고 스스로 죽을 작정을 한 이상, 나는 이제 더 이상 그를 위해 이곳에 남을 필요가 없게 되었도다."

노인은 고개를 좌우로 흔들었다.

"쓸데없는 얘기가 길었다. 오뢰에 대해 설명하마. 오뢰는 여러 가지 의미로 쓰인다. 도가에서는 천뢰, 지뢰, 수뢰, 용뢰, 두령뢰를 말한다. 그러니 무암은 이를 오행으로 해석한 것이다. 하나 오뢰진천공에서의 오뢰는 다섯 가지의 기운을 말하는 것이 아니다."

노인이 경을 읊었다.

"천신(袄神)이 말씀하사, 최초에 음양의 두 기운이 어우러져 오뢰가 생겨났도다. 이 오뢰는 다섯 가지의 뇌력이 합쳐진 강력한 벼락을 말하느니라. 즉, 이것은 바로 음양이 합쳐진 혼원을 의미한다."

진자강은 이미 혼원을 이루었다고 생각했다.

그러나 아직은 이해하기 어려웠다.

"혼원은 제각기 다르다. 너는 이미 너의 혼원을 어느 정도 이뤄 가기 시작하였으므로 후반부의 구결은 내가 굳이 네게 설명하지 않아도 어느 순간 저절로 깨치게 될 것이다. 어차피 내가 설명한다 한들 스스로 알기 전까지는 소용이 없을 터."

"혼원……."

혼원을 찾아가고 완성하는 것이 결국은 옥허구광 오뢰합마공의 최종 목적지가 될 수 있었다.

"감사합니다."

진자강은 일어나서 예를 갖추려 했다. 하나 노인이 손을 들어 말렸다.

"너는 무암의 심부름을 왔고 나는 물건을 건네주었을 뿐. 이제 나머지는 네 몫이다."

노인은 진자강을 보며 물었다.

"이제 이곳을 나갈 것이냐?"

진자강은 대답 대신 우반신에 세 개의 둑을 쌓고 내공을 돌려 와류충제를 일으켰다. 좌반신의 탁기가 흐물거리며 녹아 흐르기 시작했다. 우반신의 기혈에서 내공을 돌리는 것과 달리 좌반신의 탁기는 느리고 묵직하게 돌았다.

진자강은 이제 지금까지 하지 못했던 방식으로 탁기를 빼낼 수도 있게 되었다. 기혈을 통해 손바닥으로, 손바닥의 모공을 통해 땀의 형태로 독액을 배출해 냈다.

진자강의 손바닥에 두어 방울의 땀이 맺혔다. 탁기가 땀에 섞여 절대의 독액이 되어 나타난 것이다.

노인을 만나 둑의 숫자를 늘리지는 못했으나 대신 진자강은 자신의 몸에 십 년이 넘도록 쌓인 독을 사용할 수 있게 되었다.

진자강은 심호흡을 하고 왼쪽 주먹을 꽉 쥐었다.

그리고 그제야 노인의 물음에 대답했다.

"아뇨. 아직 여기서 할 일이 남아 있습니다."

노인이 씨익 웃었다.

"대단한 결기로구나. 어디 몇 놈이나 살아날 수 있는지 볼까?"

〈다음 권에 계속〉

『제왕록』, 『무림에 가다』 시리즈의 작가 박정수
그가 거침없는 현대 판타지로 돌아왔다!

# 『신화의 전장』

주먹을 믿지 마라.
우리가 살아가는 이 땅에 인간을 벗어난 자들이 존재한다.

dream
books
드림북스

사도연 판타지 장편소설

ORIGINAL FANTASY STORY & ADVENTURE

『용을 삼킨 검』, 『신세기전』 사도연 작가의 신작!

# 『두 번 사는 랭커』

여러 차원과 우주가 교차하는 세계에 놓인 태양신의 탑. 오벨리스크.
그리고 그곳에 오르다 배신당해 눈을 감아야 했던 동생.
모든 걸 알게 된 연우는 동생이 남겨 둔 일기와 함께
탑을 오르기 시작한다.

dream
books
드림북스

전생자
『죽지 않는 무림지존』『천지를 먹다』『마검왕』
베스트셀러 작가 나민채의 신작!
[ 시간 역행을 하시겠습니까? ]
[ 모든 능력이 리셋 됩니다. ]
[ 날짜를 선택 하여 주십시오. ]
"1985년 2월 28일. 내가 태어났던 날로."
dream
books
드림북스